异乡人

王岚 编

北京
冶金工业出版社
2020

图书在版编目（CIP）数据

异乡人／王岚编．—北京：冶金工业出版社，2019.10（2020.7 重印）

ISBN 978-7-5024-8306-7

Ⅰ. ①异…　Ⅱ. ①王…　Ⅲ. ①长篇小说—中国—当代　Ⅳ. ① I247.5

中国版本图书馆 CIP 数据核字（2019）第 237009 号

出 版 人　陈玉千

地　　址　北京市东城区嵩祝院北巷 39 号　邮编　100009　电话　(010)64027926

网　　址　www.cnmip.com.cn　电子信箱　yjcbs@cnmip.com.cn

责任编辑　夏小雪　美术编辑　彭子赫　版式设计　郑小利　孙跃红

责任校对　卿文春　责任印制　李玉山

ISBN 978-7-5024-8306-7

冶金工业出版社出版发行；各地新华书店经销；北京虎彩文化传播有限公司印刷

2019 年 10 月第 1 版，2020 年 7 月第 2 次印刷

148mm × 210mm；3.875 印张；94 千字；114 页

26.00 元

冶金工业出版社　投稿电话　(010) 64027932　投稿信箱　tougao@cnmip.com.cn

冶金工业出版社营销中心　电话　(010) 64044283　传真　(010) 64027893

冶金工业出版社天猫旗舰店　yjgycbs.tmall.com

（本书如有印装质量问题，本社营销中心负责退换）

久远的凝望

提笔撰写《异乡人》第一篇文章的时候，还是杭州12月的雨夜，那天我伴着窗沿下隆隆的空调音，读完了白先勇先生的《一把青》，然后蜷在被子里忍不住的颤抖。

那是源于杭州的雨夜太过清冷，却也更是一篇故事的流淌，太过浓烈而悲凉。

我很难说明缘由地想念北京502里我明亮的小屋子，也想念一向不太敢直言“想念”我远在老家的窝，咬着牙继续和心底里狂躁的逃离一刻不停地较着劲。

随后我闭上眼，便梦见了外婆，她和这些年里大部分时候存在于我梦中的样子一样，佝偻着身子，把头发团成圆球，然后塞在网兜兜里，一言不发地伴着我进进出出。

是的，一言不发，我想梦里的她不再说话，许是我已然不能那么准确地输出她的声音了，这让我难过，却也开始觉得“留存”竟也是一件如此不易的事情。

我的家里有很多规规矩矩的小盒子，里面放着我看过的电影、感受过的景致和去过的地方，我的母亲甚至还留有我“好学生”时代的每一本证书，好像快要褪色的它们还会再发光反作用给我一样，满是珍视与骄傲。它们整整齐齐地躺在那里，为那些不会再来一遍的日子铭刻下印记，提醒着健忘的我们，那是存在过的曾经。

所以就在那个夜晚，我强烈地被一种需要所召唤着，它告诉我，或许可以用文字去为那些曾存在于世间的故事，为自己做几分停留。

我选了《异乡人》这个议题，不仅仅因为它是我，更因为它雕刻了今天的我，它承载着各色不同的人生，有的自我渴求，有的身不由己，有的意气风发，有的却也道貌岸然。

可它们也都要无一例外地经历三个字，叫做——不容易。

是的，不容易。

2007年，我第一次离开家，离开爸妈生活，他们帮着我铺好东财7号楼707靠近门边的床铺，赶了下午一点的火车离去。天南地北第一天相识的六个姑娘将被置于一个屋檐下生活四年，那一天我们每一个人都带着试探和生疏，然后彼此忙着整理和入睡。

可上大学竟是那么有趣，军训的疲累，社团招新的热络，院系里忙碌起的晚会，我们那么快的就开始熟悉和建立牵绊，忘记了想家和一下子就突然“失独”了的爸妈，兴高采烈地八卦着那个学姐的男朋友是不是那个学长，而那个学长又是不是长得有些像罗大佑。

四年的时光飞逝，大三的那年暑假我留校实习，看着被锁上的寝室，一个人提前预演了毕业，恍惚间心里空落落的，我想着那个满是欢声笑语的屋子很快就会假手于人，而我们挂在小熊上的钥匙将再也打不开707的门。

伤感，是的，伤感开始在无形之间教我，投入少一点的感情在这个世间，那么放手的时候就不会那么痛。

终是命运待我不薄，毕业后，我依旧和大学时的一群家伙同行，开始北漂谋生计，然后又在你来我往的帮衬里一环环的推动着面试、入职、跳槽和四时轮转。

我和“小猫”（我的密友）刚落脚的时候，住过很短时间的隔板间，那里有卫生间都不舍得安门的尴尬，这逼得我们在狂刷求职之余，也开始狂刷房屋租赁，搬家的那一天，没租用搬家公司的我和“小猫”拎着箱子被褥徒步往返了几公里，却依旧坚持着在傍晚跑到超市去添置了锅碗，那天夜里，我们因为买了不适配电磁炉的锅，让吃上一碗热腾腾泡面的愿望落空，然后并肩躺在床铺上嘎吱嘎吱的啃了面过了午夜十二点，那是凌晨时分打心底的饿，可我们依旧觉得好笑而满足，念着明天早起后要赶快去换个新锅，也念着接下来会有的无数种可能。

时间晃着，我们也晃着，明天的无数种可能里把我偶然的推回了故乡，腿伤带来的行动不利、开始谋职时的诸多不匹配一而再地挑战着我的日常，而真正一再摧毁你的，却是心底里自我的那份挣扎。

那份挣扎来自于几年间亲人接连故去所带来的恐慌，来自开始因为放心不下爸妈而产生的愧疚，来自不知未来该何去何从的困惑，也来自每一个办公室里的你推我挡。

2016年，迎来了大学毕业五周年的聚会，707的六个丫头除了还在哺乳期中的七仔，倒是悉数到齐，我们坐过往日上课的教室，吃过当年门庭若市的大盘鸡，夜晚聚在星海公园的“跳房子”里，台上的吉他轻弹，一杯长岛冰茶就催的几年间都不曾在人前流露感情的我止不住的流泪，想让时间别走，想让世界就此完结，那时候我知道，自己是真的病了。

两个月以后，严重的焦虑和压抑为我带来了心跳每分钟120的日常，我休假卧床了，那段时间里，我通读心理康复书籍、看心理医生、老实的吃药睡觉，意识上积极地渴望好起来。

而后的月余，我购置了自己的小窝，忙碌起装修和添补，当一切按部就班地向前，我却又一次站在了选择的十字路口。

2018年的四月，我用了一个月的时间做眺望和挣扎，我知道重新踏上异地，意味着的不仅是断了几年的跟随敏感，年龄上竞争优势的荡然无存，更是对于远在家乡不再年轻的爸妈的惦念和不忍。所以当我那个不善言辞的老爹说让我随心所欲，不做我的拖油瓶时，我又一次没出息的哭得像个孩子。

人啊，一辈子担心的事情太多，做到无畏的心是该有多狠。

前些日子我看霍金生前的最后一本《十问》，窥见这个如此理性洞悉天体宇宙的身躯也同样的承载了那么多的爱和不舍，由此更为珍惜尚在世间的一点一滴。

我想着要再晚几年去书写这些故事的，可又一想哪里有那么多恰如其分的光景，不如就是这般刚刚好的当下吧，此时的文字和心境，此时的思索和铭记。

这本《异乡人》里，十九个缩略的故事，他们或延展于那些和我擦肩而过的人们，或萌生于某一个随着地铁车厢摇晃的瞬间，这里有追逐梦想的插画家、有为了谋生计为五块钱拼命的修门工、有不知真假寻不见子女的老者、有为了求得心安改写了记忆过往的保洁阿姨、也有无可奈何魂归异地的援助者和拾荒人……也正如我前面所说，他们不都是那么讨喜，甚至还都带有那么一丝丝的讨人厌，可我想正是因为如此，或许在某个时刻，因为你曾碰巧遇见了他们，也能这般顺其自然的想起我。

便也就够了。

谨以此留给那些不问来处，不寻归期的异乡人。

特别感谢陈冠宇为本书提供的封面设计初稿。

王 岚

2019 年 4 月 21 日凌晨

目　录

外婆的路

算起来，外婆过世已有快十年光景，可每每看到曾与她有所缠绕的吃食或物件，忍不住的酸楚还总是溢满在心口。

外婆生前，是个不知身份证为何物的老太太，一个在一九二几年里出生的乡下苦娃娃，家里也是不太会刻意的去记一记出生日期的，所以我并不能准确的知晓她的来时，却不得不目睹了她的归期。

外婆一辈子没念过书，虽叫得上自己的名字，却并不识得一个大字，不认得时间，末了也不认得我。好在这些都丝毫不影响她用那双被缠裹过的三寸小脚丈量了从中原到东北的土地，带大了她的三个闺女和她们的后辈。

外婆呱呱坠地的时候，托生在山东一个我和母亲都叫不上名字的穷苦乡下，又在那个年代固定的年岁里被缠了足，儿时的我并不理解为什么要把好端端的脚缠成那种脚趾不分、顶头尖尖的形状，那看起来不平整的弯弯绕怎么会被认为是一种美？待我开始知晓缠足历史，懂得其中的畸形残忍，脑海里残存的也仅剩下母亲试图帮外婆清洗干净时她哇哇叫的场景。

本应用来走完一生的足打从起始就为你限定方圆，刻下艰辛。外婆这辈人，也都和她那扭曲的脚趾一样，一生深陷动荡的时局，历经人间劫数。

年轻时的外婆据说是个高个子的漂亮姑娘，这基因后来也传递到了她的三个女娃身上，所以虽然外婆家境不好，但也因为长得好被说媒的给说了户好人家，过了几年不迫于饥寒的生活。

嫁人后的外婆勤勤恳恳的孝敬公婆、持家劳作，一日三餐也是应时应量，吃饱穿暖了的外婆念着娘家吃了上顿就接不上下顿的血肉至亲，趁人不留意的时候，也会偷偷把吃剩的饼子藏起来，贴着衣服一圈一圈的缠在腰上，跑回娘家去给送上一口活命饭，这一切婆家虽说看在眼里，可也好在不曾拆穿。

日子这般走下去也算是岁月静好，可偏偏外婆刚刚生下大姨，战争的硝烟就燃起来了，枪炮声席卷了华夏大地，当日本兵端着一把把刺刀进到村子里的时候，外婆和十里八乡的婆姨们都还忙碌在田地里，她们听到“花姑娘”的叫喊和一堆叽里呱啦的外来话，一窝蜂似的钻进了玉米地，然后把身子弯低藏好，大气也不敢喘一个。那一定是段承载着恐慌却怎样都抹不去的记忆，以至于近五十年后，外婆给我讲起来还会心有余悸地说着“吓死喽，吓死喽”。

外婆一家虽不晓得何为民族大义，却是切身感受了那份被屠杀的恐慌，也就在那个当口，外婆的男人在国民党的部队里扛起了武器，当了兵。仗一打就是八年，赶走了侵略者又开始了内耗，外婆生下我二姨不到一个月的光景，蒋介石的队伍节节败退，辗转着传来抓国民党战俘的消息，她的男人连夜跟着队伍踏上了逃往中国台湾的船，可怎知造化弄人，战后海峡两岸封锁割裂，这一别竟就是半个世纪……

没有了男人的外婆照旧操持着整个婆家，她不曾讲给我她是怎样带大了两个女儿，为公婆尽孝送终，也不曾讲给我她又是怎么就到了东北，经人反复说和，嫁给了外公，更为着他一生没有儿女，在40岁高龄的时候，生下了我的母亲。

母亲出生的时候有八斤重，外公和沈阳北站那片四合院里的街坊们喜欢的不得了，天天刚一破晓就抢着来抱，我是见过一张母亲儿时小巧的黑白色满月照的，当真是圆滚滚的可爱极了。于是这般的，外婆自己吃了大半辈子的玉米面贴饼，却和外公一起，供着母亲打小就吃上了白米饭。

可这份安然竟也不曾长久便又是颠沛流离，一声“上山下乡”，一家人卷起行囊扎进了西丰·桦树村的山沟沟里，好在母亲的两个姐姐都已长大成人，家里只有她这一个娃娃，日子倒也没有那么艰难，母亲只记得儿时遍山的蘑菇和箩筐里积攒起的驴粪蛋，而外婆的记忆却是无人可寻了。

外婆一生良善，母亲曾经讲起过她在西丰时家里养了一口猪，每天早上外婆赶着它去觅食，晚上喊它回来，没事儿的时候就给它抓挠，那口猪也像听得懂外婆说话一样，一喊就应，可养猪终归是为了过年能吃上一口肉的，杀猪那日，母亲高兴得跳起脚来，反倒是外婆，听着被按在板子上嗷嗷凄号的声音，也好似明了这畜生的言语，默默地躲在屋子里擦起了眼泪。晚上猪肉片下锅，起勺盛盘，外婆丢弃白日里的那份犹疑，又拉上我那巴巴流着口水的母亲提上灯笼去给整个大队的人送上一碗，毫无偏私。

此后经年，母亲回沈参加工作，外公病重过世，外婆又一次一个人了……

待到我出生时，外婆已年近七旬，所以从我有记忆开始，她就是已经是个把花白头发盘成发髻装进网兜兜里的老太太了，佝偻着的背已然看不出年轻时的笔挺，可那弯下的弧度却成了我儿时睡的最香的床。那时候我们家住在亲恭里的七楼，每每上楼或是下楼，我都要缠着外婆来背，她便用她那双早已变形的脚撑起我，毫无怨言的，一步一个台阶的向上走。

我的第一口普通话是外婆传授的还掺杂着浓烈山东方言的说辞，每天会在是不是口卡（口渴）了以及要不要哈水（喝水）之间做切换，也在相当长的一段时间里发不出姥姥的音，她也由着我“naonao、naonao”的唤了许久。

待我五六岁时，养上了挑食的毛病，却唯独爱外婆包的白菜豆腐饺子和楼下小卖店里的那一包三鲜伊面，外婆上了年纪，总也不太记得清煤气起火的步骤，中午便在我的软磨硬泡下买包面来用热水泡给我，我坚持要在七楼的窗边看见她，可她又担忧着我不小心从窗边跌下，两全之下，外婆找来一根结实的布绳把我双手绑在冰冰凉的暖气片上，再关紧窗户万般叮嘱，那从高处隔着窗棱望下的背影，是我至今留于脑海的坚韧。

20世纪90年代初，中国大陆与中国台湾终于恢复了往来，两边寻亲的人挤满了派出所做登记匹配，母亲也加入其中，大姨和二姨的父亲被找到了，50年的漫长岁月里，“外公”已在中国台湾组建新的家庭，儿孙满堂了。母亲去信如实告知了我们的情况，把这段长达半个世纪的阻隔再次搭起。

“外公”抵沈的那天，母亲是带着我一起到桃仙机场去接的，两位老人都已是年近古稀，故土两个字除了那回不去的家乡，怕是萦绕着更深刻却难以言明的断肠吧，故土外的人们，心里守着念想，脚下奔着望不清的前路。

而今外婆已故去多年，我无法猜想她当年心中的思绪，母亲说当年“外公”心疼外婆跟我们同处七楼的艰辛，不了解国情的他还问着能不能安一部电梯供外婆使用，几日寒暄说解之下才算作罢，而后，“外公”留了从台带来的诸多器物，带着我们添加的礼尚往来，回了他当下的家。

故土故人皆已改，又何必守着执念，难为彼此……

于我而言，什么都不曾改变，我甚至不记得童年曾来过这样一位伯伯，外婆依旧日日伴着我耍，夜夜守着我睡，我开始学习很多的知识，甚至可以教她来认时间，我开始上学有更多的玩伴，外婆也开始了新一轮的孤单……

年迈的外婆真的爬不动七楼了，跟着二姨到了她农村的家里，每日进进出出倒也便利了，那时候人民币开始改版，100元的钞票换成了粉红色的毛爷爷，外婆连买东西都变得吃力了，她会站在路边把20块钱交给卖鸡蛋的乡亲等着他找零，又在乡亲故意逗她："老太太，你给我的是多少钱你知道不啊？"的时候，固执的不回答，只念叨着让他找零。

纵使这般，每一个农历新年，她都还记得要给晚辈压岁钱的习俗，偷偷地把我母亲叫到屋子一旁，然后一圈一圈的打开她用来包了一辈子钱的小手绢，问哪个票子是最大的，便要抻了出来给我，末了又从兜里掏出来几颗已经被热炕烤变形了的糖，说着是年三十那天她吃着好吃偷偷藏起来留给我的，那份谨慎，宛若她年轻时跑回娘家送去的救命粮一般。

外婆佝偻的已经只能到我的肩膀了，所以她总觉得我又长高了，她的一双手因为岁月的洗礼缩成了皮包骨的样子，视力开始模糊，记忆也出现了问题，她变得不记得身边的人和最近的事儿，反倒常常提起些我不知道的名字，后来的几年间，外婆已经谁都分不清认不得了，这对身边爱她的我们而言是痛苦的，我们每每扯着嗓子和她问话，企图换回一丝丝的回应，却也都只是枉然，想来，定是因为这世间的苦楚太多，上天不忍再让她清楚的记得，便让她清净的忘却了。

外婆去世的时候已是86岁，她一生不曾生过大病，入过医院，唯在人生的终点在里面躺了一躺，就离开了。

说来也怪，外婆活着的时候，我晕车的毛病厉害的很，每次她看着我难过的呕吐，都会揪心的在旁念叨着让我快好，可随着外婆离开，我这晕车的毛病也好似跟着她离去了一般，莫名的消散了。

外婆一生不说苦累，生活加与她的万般，她都捧着如数收下，她生前最爱柿子饼那份挂着霜的甜，想来也是可尽数解了这年复一年被束足的苦了……

本篇完

2018年12月6日夜

异乡人这个词，往早了去说，下南洋、走西口、闯关东，满满都是印记，反倒是近几十年来，人们开始习惯生活于温室，被和平庇佑，把安逸和稳定活成了主流，身在异乡，看上去倒有那么几分拧巴的不入流了。

前些天看白先勇先生的《台北人》，落笔开合之间，浓淡的乡愁铺满纸上，战后的台北，住着那些并非台北人的“台北人”，一篇《一把青》在深夜里叫人读断了肠，于是生了念头起笔《异乡人》，这故事不会太易，可我私心想它或许可以留下些什么，让那些故事里的人有能够被延续的生命，有能够被改写的过往，或者有一丝殊途同归的叹息。

我把《外婆的路》作为《异乡人》的开篇，是萦绕心头十年间不得提笔的归处，所以它并非只是故事。

而后更多的，我希望你能够翻到自己身上的影子，看异乡的景，走异乡的路，但活出绝不雷同的结局。

屏幕后的香烟起

我是在 7-11 里帮同事买烟的时候想起小殷的，那晚便利店里同事要的烟没了，我询问同价位的其他牌子，老板以为是我买来抽，扔了包样式扁平的女士香烟过来，盒子上翠竹绰绰，让我想起这是小殷从前常抽的牌子。

说是从前，到底也没多久，左不过是五年的光景，那时候我还在老家一个叫得出名号的广告公司里做文案，小殷是同组的设计，那支细长的香烟他总是爱吸过一口后就用左手夹着轻点几下，蹙蹙眉头，再用右手飞移着鼠标在那屏幕里的画布上填上不多不少的两笔，然后对着电脑屏幕长吐一口，那姿态，还真的是娘气的很。

小殷的大号叫做殷继德，上头还有个哥哥唤做殷承业，据说这名字是他阿爸为着俩娃子能光宗耀祖，承继祖上德行基业的。同乡来的老郑每每谈及此都会哼笑："积德是没看出来，也就对得起他那姓了！"小殷和老郑虽是老友，但却谈不上交情有多深，反倒总像是攒了几辈子的仇怨似的，见面就掐，偏偏还掐进了一家公司，搞得抬头不见低头见的，当然若认真理论起来，低头的也只有小殷，他仗着自己一米八五的个头，抖着一只腿撇着嘴接茬怼矮他快两个头的老郑："就……就就你好，长得跟乡……乡下雨后滚了一身泥，伸……伸伸舌头讨喜的土狗似的！"说完，嘴的弧度往上一仰，偏偏嘴边还有颗不大不小的痦子，乍一看还真就不像个好人。

长相这东西，都是爹生娘给的，抛开不提，痞里痞气的小殷当年还真就有些痞里痞气的才气，经他手画出来的稿子看着总透着些玩世不恭的跳脱，那几年市场上流行“林大奋”式的画风，偶有比稿的时候，小殷仿着几张，乍一看倒是足够以假乱真，可落在行家眼里，也能觉出他笔下的“张狂”好似柔软了些，当然，要不是为公司需求，小殷是断不会画这些仿生稿的，他自有一套独属的“荒诞逻辑”，这逻辑在辰市那个不大不小的地界里缓缓地生根成长。

辰市，于小殷来说，虽与他老家的名字仅有一字之差，却也是10小时火车行程的异地了，逢年过节回家的时候，他阿爸还总有些小儿子衣锦还乡的味道，阿哥更是整日里讲着弟弟有多能耐，在大城市里谋着好生路，搞得街坊邻居也都愿意拉着娃子们跑来蹭个热闹，问小殷筹划着啥时候讨媳妇，问他这在城市里挣钱的工作是干个啥？小殷自是解释不清给品牌主画KV是怎么回事儿，觉得邻居们热络，也就干脆掏出手机让娃子们看自己的微博，这一看可了不得了，那些微博里的画吓坏了来的乡亲们——鸭子长了一只眼睛，鹅的头是粉红色的，狐狸肥的没了脚，更要命的是，还有那些个女郎，一个个竟都是赤条条的……他们赶忙捂了娃们的眼睛，也顾不得在这寒冬腊月的时节里给娃套好帽子手套，拽起来就往家里蹽，好像生怕那画里的东西活了过来，就会掳了他们的娃娃去，打那以后，十里八乡的都传开了，说老殷家的孩子干的工作可不正经，去外面挣钱的都容易走歪呢，结果添油加醋的连老郑也脱不了干系，跟着受了连坐。

而连坐都坐不住的还是小殷他阿爸，儿子到底有没有干什么见不得人的勾当，要不要干脆唤回来守在身边讨个媳妇算了，委委屈屈的憋了几天，年没过好不说，人倒是瘦了好几斤。

小殷百口莫辩：“真真……真不是啥见不得人的，城……城里的人管……管那叫艺术，跟……跟穿不穿衣服，没啥关系！”

“没关系你说不利索，那不穿衣服能随便让你画吗，还有那鹅头，咋就粉了？”

“那都是臆……臆想的，再说，我磕……磕巴都多少年了你……你不知道？”

“过完年你也别回去了，那工作不干了，这不干净的钱咱不能挣，趁现在还来得及，爸赶紧给你说房媳妇，丑点儿也中，就是过个日子再生个娃！你看看你哥和你嫂子，不也挺好。”

“爸！”

末了倒是小殷的阿哥小声地嘀咕了句：“人各有命，你就随了弟弟去吧。”

说不通讲不明，小殷一气之下连夜跑回了辰市，把那回老家特意藏起来的竹叶烟连着抽了个三包！浓淡的烟雾缭绕，他越想越觉着窝火，自己一身的能耐，不要说是老家，连辰市都未必盛得下的，灭了最后一根烟蒂，小殷算是给自己起了誓：“得混出个样来，给这群土包子们彻底的洗洗脑！”那还半燃着的烟蒂随着小殷的一掷，在空中划了道橘色的弧线来，他盯着那烟蒂落地，敲击出点点星光，而后伴着风吹，那亮点闪一下灭下去，闪一下又灭下去，几个来回之后，烟蒂彻底燃尽，小殷把视线拉回来，用那满是烟草味泛着黄渍的手指划起了屏幕，点了张直通北京的车票，末了还带了他原本想趁着过年告诉给家里的女友。

小殷的女友阿薇是个省级医院的护士，一米七的瘦高个，人长得虽算不上多惊艳，偏生一笑起来两个酒窝，总是能暖到人的心窝子里，再加上她护士裙下两条细长瘦白的腿，单单往那一站，排着队看病的人都觉得痛苦好像轻了那么许多。

来京，对阿薇来讲，也是不曾想过的，她恋着小殷的才情，也猜着小殷怕是呆不了几天，权当是玩玩散个心罢了，可怎料殷大师确是铁了心思，连辰市交了首付的房子都卖了，这下可轮到阿薇不干了，想着自己放着好好的铁饭碗不端，跟着个心比天高的主儿瞎折腾个什么劲，吵着闹着就要分手，小殷烦的正在气头上，一句道不同不相为谋，阿薇哭着就跑回了老家。

说到底，年轻气盛往往都是要付出代价的，而有些代价又总要经历了时间才肯被买单，这段没能好好告别的出走和分手，无一例外地成了小殷至今偿不清的账……

北京挣口饭容易，可混出点儿名堂却也是难上了天，小殷被工作欺骗，也反过来欺骗工作，被同事埋怨也跟着埋怨同事，直到两年多的光景过去，才算是走对了路子，遇上了良主，偏偏又忙的脚打后脑勺起来，此间种种，倒也无需赘述。

偏当小殷刚觉出了点儿生活味道的时候，老家传来消息，小殷的大哥在地里干着农活就捂着胸口倒下了，等到人们跑过去，脸都是铁青的了，紧咬着牙齿也说不出一个整句，送到医院竟连个呼吸机都没上，就送上了一纸死亡证明。等到小殷回了家，别说人，连个灰也是没见着，留下的不过是一张怔怔着眼睛的黑白照，老父亲一夜间白了头，看着小儿子也不骂也不闹，就用着拳头一下下的锤着，那落在身上的力道，确好似比儿时差了好些……

小殷坐在哥哥的照片前一天一夜没说话，也没掉泪，前来悼念的乡亲们又指着他的脊梁说起来了，说他命太硬，就因要自己出去野，画那些个伤了祖上德行的东西才折了这本本分分大儿子的寿，说他跑回来连个泪都不掉心可真是黑的呢，说老殷家恐怕这事儿还得没完没了呢……

小殷一概就这么听着，也不去理论。

头七一过，小殷背上行李就又走了，老家的那起子闲言碎语由着当爸的如数收下，而此后，我便有三年不曾听过他的消息……

后来很偶然的一次聚会，从老郑口里得知，这小子现如今算是出息了，借着互联网的好势头画自己那套荒诞系的插画，画到第十个系列的时候被个出版商给相中了，扔到市场倒是叫好声一片，一窝蜂的追捧，偏生他现在手法荒诞，内容却是洞悉万象的，关心自闭群体，呼吁濒危生物保护，虽然日常看着依旧是个痞子，画的东西倒是没人敢说个痞字了……

小殷最新的一本漫画，开篇讲述的是个被村子遗弃的猫头人的故事，故事里的婴儿生下来就没有头，缝了个猫的头颅上去长到了成年，跟着爹妈挨家挨户的送豆腐，后来爹妈生了正常的娃娃，猫头人因为奇异的长相被狠心的驱逐，这故事我读来甚是悲凉，正感慨着，老郑却说，这绘本他们村子里早就家家户户人手一本了，都拿来摆在最显眼的地方，还要一日擦上几遍浮尘，等着一些个跑去做访谈的问起，就好好讲讲小殷小时候怎么在他们家里尿炕的故事，也讲讲这孩子以前多可怜，小小的年纪哥哥就那么突然的不在了，偏偏他够争气，一个人就扛起了养家的重担，就连着老郑都被人从互相看不上眼的损友给说成了相扶一路的铁磁儿。

“那小朋友，你最喜欢的作品是哪一个呢？”

“我最喜欢那个鹅！”

“为什么喜欢鹅啊？”

“因为它长着粉色的脑袋，特别的不一样！”

本篇完

2018 年 12 月 12 日凌晨

《屏幕后的香烟起》是一段讲述“衣锦还乡 心难平”的故事，主人公在万千个北漂逐梦者大军里也许是幸运的，但“幸运”这两个字着实很难下定义。

在北京这座挤满了外乡人的城市里，日复一日上演的，是那些写字楼里西装革履搭配着KPI傍身的夜不眠以及楼下星巴克里拎着Prada搅着馥芮白的心茫然，在这个需要带上3M出门的季节，似乎每一双裸露在空气中的眼睛背后，都透着意难平的不可言……

左不过是“等待戈多”

那出《三姐妹·等待戈多》谢幕的时候，我已被朦胧的睡意侵占了快半个钟头，要不是一嗓子“张若昀我爱你”划破了剧院，我几乎都忘记去看一眼身旁的阿雅，她用尽力气的拍着手掌，一语不发的，泪水却分明蔓延了整个脸颊。

走下保利剧院的十几阶楼梯，阿雅用那块贴身带着的鹅黄色手帕最后揩了下眼睛，然后又齐整着叠了四折，装进自己的帆布包里，我总觉着，这年头，出门自己带块手帕的人怕是跟出门不带手机的人一样的稀少了。

“时间还好，要去喝东西吗？”还没想好怎么打破这宁静，倒是阿雅率先开了口。

“那可乐雪碧咖啡茶，亲爱的 Aya 你要喝点啥？”我仿着“青岛大姨”接上了这么一句，也算是让她扯开了嘴角。

“那就老样子喽！”

窝在瑾咖啡的沙发椅里把拉花搅开已经是晚上 9 点，阿雅半个人都陷进了沙发，一只脚上的帆布鞋被她褪去了一半，随着脚趾悠悠地荡着……

好在我们都没有咖啡因效应，倒是不用担心夜里睡不着，我还在想着刚刚谢幕的那出“荒诞”，自语着“或许是不清楚作品背景，真没怎么看得进去。”阿雅却放下了手里沾了少许咖啡沫的勺子，斩钉截铁地说了句：“不过都是困兽的停滞不前，不值得一懂！”说完便又是长长的停顿，刚刚放下的小勺再一次开始搅动，一圈又一圈，那略微有些黏连的泡沫，倒是随着水汽缓缓的划开了……

冬夜里飘散出的那份缭绕，让我想起了初见阿雅时的样子。

那年的十一月，公司组织去澳门团建，核心环节是去看一场名唤《水舞间》的 Show，临行前一个同事请假错过了出发，刚刚好的多了一张门票出来，第五排的 B 级座位，680RMB 的价格。同行的 HR 姐姐说，要是我们能把它以 500 块的价格卖出去，晚上就加一顿夜宵，我跟同行的小敏正念叨着蛋挞没吃够，一听有夜宵立马便来了精神，撒泼一样的开始推销，小敏负责满脸堆笑，我负责口若悬河的讲，要不是那年头还不流行黄牛，我俩怕是要被带走的，也就是在那个时候，阿雅站在角落里默默看着我俩演完闹剧，然后买走了票。

那出《水舞间》现如今回忆起来依旧称得上是惊为天人。我跟着表演者的一幕幕奇袭惊叫喝彩，鼓掌躲闪，感叹着人的能量当真无法估量，阿雅却总能快我一步的呼应着剧情走向，弥漫水花的时候提前举起雨披，摩托疾驰而下的时候又快一步让出躲闪。

我忍不住问她“你是看过这场演出吗？”

“嗯，上周一的场次刚刚看过。”

“那为什么还要买我们的票？”

“威尼斯人里刚好赚了 100 葡币，看你俩叫卖的样子很有趣，再加上表演的确美轮美奂。”一席总结答得我哑口无言。

退场的时候，她从我们身边快步走过，回头留了句“吃夜宵的时候，要是祷告，可以想想感谢我！”随后便消散在了黑夜里。

两天以后，我们一行从渔人码头游走到大三巴牌坊，又登上澳门塔，偏偏看人家蹦极看得出神把相机给丢在了顶层，想起来的时候，已经下了塔顶多时，一跺脚的转身便往回跑，迎面却走来了举着相机的阿雅，笑吟吟的：“卖票的，你这记性，卖的都不够丢的吧！”“哈哈，我们还真是有缘，下次说不定就北京见了！”一句玩笑话倒是让阿雅当了真！隔日她就真的追着我们一起飞了北京。

阿雅长我五岁，眼睛里却始终闪着灵动的光，轻微度数的近视让她游离在眼镜的戴与不戴之间，不戴镜子的时候她总是故意把眼睛眯起来，小小的一条缝，好像足够去窥见世间全部的真相，一口“港普”在北京的地界上找起工作来倒并不太困难，喜欢戏剧的时候就跑去做场记，看那些行家承转起合，动情挥泪；想看靓仔了就跑到Studio做摄影助理，打灯扛架子，丝毫不见小女子的柔弱；干得高兴她就多坚持一段，不高兴了就停下出去走走，偏偏她那么小小的一人还总愿意往深山里钻，更沾染了几分野性。她知道我有收集明信片的习惯，每到一个地方都会写好寄来，追着她的脚步，这几年我倒是收集齐了三山五岳的卡片，赶着就要召唤神龙了。

大部分时间我很羡慕阿雅的随性洒脱，也总想着自己何时有机会能如此自由自在，只是阿雅很少提起家里，嘴上虽也会常常念叨着回澳门吃肉脯，买杏仁酥，可又总不见她踏出步子，问起就说等忙过这段。“那你爸妈呢，不想你呀！”“早就寻不见了，小的时候阿妈觉得日子苦，我长到十三岁，她就跑回大陆了，阿爸带着我又找了一个，本来没啥，结果赌大了，现在是不知道哪儿去了……”轻描淡写的倒仿佛在说别人的故事。

“其实跟你遇见那天，我本来是赌气想看看到底赌场里能输成什么鬼样子，结果还赚了100葡币，一出来就撞上你们闹着卖票，好不热闹哦，那我就想哦，反正钱是白来的，不如给你们了，散场之后我又进去，还是赢，真是见鬼，我阿爸可能把命都搭里了，我倒是旺得很，后来我就思量着或许是妈祖要给我留条路吧，第二天偏又遇见你，我就觉得可能你就是妈祖送来给我指路的，没什么牵挂了，也就跑了大陆来。”沙发里窝着的阿雅已经把鞋子都扔在了地上，突然讲起的缘由把我拉回到现实。

“你这么一说完，我怎么顿时觉得压力好大！”

“哈哈，没有啦，我当然晓得没那么灵异，只是一个自以为的暗示在某一刻是足够救命的。况且，我也想着或许来了大陆会找见我阿妈来着，结果谁知道，单一个北京就这么大了，也就不想了……”阿雅摇着头感慨，走南闯北的七年，她的国语倒是真的听起来完全没什么澳门味道了。

“我有很长的一段时间都想回去澳门却又不敢，你知道的，相关的人都不在那里了，可我偏偏总是会梦见大三巴那一带叫卖的肉铺和杏仁酥，那个杏仁酥是真的蛮香，小时候哦，要吃一盒阿妈都会觉得不能够，贵的咧，就跟我说那都是卖给大陆客的，骗人的东西。我就自己偷偷跑去那一片晃，然后跟着试吃的队伍蹭了来尝，再偷偷的塞回口袋里，结果弄得满口袋的碎末，阿妈洗衣服的时候，满盆都是，给我好一顿的打……现在那些个糕点零食自己怕是抱着吃几桶也没问题了，倒是再没买过了。”

“我有时候就会想，像我这样的人，存在的意义到底是什么呢，归宿在哪儿，该往哪儿去。后来有一次我在阿里山，觉得自己突然就有答案了，我们人类，跟那些几千年立在那里的树木比，都太不值得一提了，在林子里你听它们的声音，肃肃的是风吹的紧了，沙沙的是叶子听见了，还有那些特别突然的响动，你不晓得是什么动物在爬，它们离你多远，天要是黑下来遮了太阳，那些不知道有几个你高的树看上去就吓人的很，那是我第一次感觉到特别的恐惧，惧怕死，惧怕未知的一切，想赶快离了这片林子跑到人堆里去，然后喘着气活着也就够了。”

“后来我在敦煌的白沙里看见九死还魂草，你知道那种植物的，老天晒得要命的时候它们就把自己的根从沙子里拔出来，然后枯成一个球，你以为它死了，其实不是，它是让自己可以跟着风走，要是遇到了水就又马上扎根，长出紧蹙的绿叶。”

“他们总以为我是贪恋美景，这我承认，可我也是在找活着的意义，脱离掉一切关系圈的人本身的意义。”

“我想着年后要去地理杂志工作，争取拍些好的片子回来，或许捕捉美也是有意义的吧，在那之前我可能会先回趟澳门，也可能不回，谁知道呢，歌词里不是都在唱，你可知 Macau，不是我真姓……”

本篇完

2018 年 12 月 19 日晚

《等待戈多》是爱尔兰现代主义剧作家塞缪尔·贝克特的两幕悲喜剧，故事的主人公是两个衣衫褴褛的乞丐，他们每天在水边等着戈多到来，然后又被告知戈多今天不来了，乞丐们失望落寞，随即再念着明天戈多一定会来，如此周而复始。

而今人们更多的开始探寻戈多是谁以及为什么要等待戈多，普遍两种声浪势强，一说戈多暗指 God，是死亡，一说戈多同指 God，是希望！

《左不过是“等待戈多”》是一段讲述“望归路 不得还”的故事，阿雅身上掺杂的是每个人都或多或少有过的灵魂凝望，一面叫做故土却好似了无牵挂，一面唤做他乡却又扎根不下。

大部分时候，我们似乎都在忙着和这个世界妥协，和别人攀谈，却忘了和自己相处，你有没有想过，若是那些你所以为攸关的人都不在了，你是否还会有所留恋？是否还会向前？是否想过要为自己和世界留下些什么……

相逢一场值三千

杭州的冬天若是没完没了地下起雨来，真的是会凉到骨子里，十一月底的时候，一整周连绵不绝的雨索性转成了雪，念着要见识下南方的白，约上老友张罗着去龙井村看景，原本满心的期许伴着道路两旁树枝上噼里啪啦的融化声跟着湿漉漉的减退去不少，那溅落的冰晶噼啪的打碎在地面上，搅的这城市更加的阴冷。在被冻得知觉全无之前，我钻进拐角的一家咖啡店里，点了杯热腾腾的拿铁，并不为了好味道，但求雾化上镜片的阵阵热气可以暖下僵掉的自己。

等朋友的间隙，半挂着的耳机里飘出《雨夜曼彻斯特》的细细叮咛，我留了一半的听觉去打量外面的世界，沙发旁的一对小情侣在争论着买几刻钟的车票，女孩抢先一步淘出了消息，嚷着高速封路，若是赶不上 20 分钟后发车的这一班，今天就没有能回去的班次了……

“麻烦您给挪一下脚。”清洁阿姨的一声招呼拉回了我的视线，却刚刚好对上她的目光，阿姨无意识的继续拖着我挪开的地方，可这张熟悉的脸分明是我不解了几年的牵念。

若是我没认错人，阿姨姓张，是我大学毕业后入职第一家公司里的清洁阿姨，而那段尘封已久的旧事伴着眼前佝偻着行进的人，一幕幕交织涌上心来，就好似本已淡漠掉的一桩“无头公案”定要在这杭州的雪化声中重审做论。

2012 年的初春，我初到公司实习，张阿姨便已是公司里的清洁阿姨，不足一米六的个子，头发稍带着几许自来卷，常穿一双驼色的布鞋，两只看似瘦弱的胳膊似乎暗藏玄机，有着用不完的力气。我不知晓她每天是几时开工，总之当我们一行人中最早的那个抵达公司时，张阿姨就已经把工位擦拭干净，丢掉垃圾桶里昨日的脏物，又套上了崭新的袋子。

那时候公司的茶水间里全天候的供应着饼干和零食，早上起得晚了赶不及吃早点，我也会小心翼翼的站立在茶水间前，带着一丝新人"不好意思"的小拘谨，瞥一眼余光所及的外界光景，然后镇定的取上两片苏打，再磨蹭着挪回自己的工位，那天张阿姨站在我旁边，然后把一卷奥利奥塞到了我手中。

"那一点点怎么吃得饱，这个好吃！"

"阿姨不用了，那个，我还没转正呢。"

"那有什么关系，你们不是平时最爱说人人平等的嘛，快拿去，吃饱些。"

从那天起，许是照顾到我的这份"不好意思"，工位上总是会被预先放好那么一份用纸巾小心包起来的"干粮"，有时候还会多出一颗沾着水滴的果子，若不是知晓这是阿姨的善举，我怕是要误会公司里出了"暗恋者"的。

这般如此，随着"干粮"的好意，我和张阿姨一点点熟络起来，来早的日子也会闲聊上几句。

"张阿姨，您是北京人吗？"

"这孩子，你听我这口音哪儿能是北京人，我邢台的！"

"哦，那您怎么跑来北京工作啊？"

"工资高呗，你别看就一保洁，我们老家那儿一个月 600，这儿 2000 多，不要保险啥的，差了好些呢……是不是觉得阿姨这工作也没啥技术含量，不值当背井离乡的？"

"阿姨，我没这个意思，就，就随便问问。"被戳中小心思的我声音不自觉的小了几个维度，一边忙着否认，一边因着自己的虚妄，羞愧到无地自容。

阿姨倒好似没觉得怎样，持续着对话，神情里倒是多出了几分可以称之为“傲性”的东西。“这有啥的，我跟你讲，我上午在你们这，来得早干得快，等你们上班了我基本就没活儿了，再整理整理茶水间打个招呼就走了，中午吃口饭下午我还有一家的保洁呢，阿姨这一个月下来可能比你这‘新兵蛋子’挣得还多咧。”

“还真的是比我多呢，那阿姨是带着孩子一起在北京这边吗？”我仍旧慌乱着，试图用肯定去补救刚刚的冒失。

“那哪儿能呢，上学啥的咋整，这里多贵呢，阿姨家里双胞胎呢，俩大小伙子，长的都比我高了，眼看着明年初中就要毕业了，老大学上的好，老二一天天也不好好学习，就给你闯祸，可愁死我了。”嘴上埋怨着愁，可一谈起自己的娃，阿姨的语速却是又跟着快了几个节拍，刚刚冒出头的那份傲性，一下子又窜起来好高。

日子一晃半年，随着公司业务拓展，原有的办公室已装不下我们不断扩充的大部队，公司搬去了王府井金宝街交界处的4A集散地，搬家前的日子，张阿姨也跟着公司的筹备组忙里忙外的几天没合眼，开门仪式的那日，新装的玻璃门还没来得及贴腰线，就已被张阿姨擦得锃亮，它明晃晃映着灯光，一眼望去却好似空无一物一般。Nancy去个卫生间的工夫，回来就径直撞在了门上，“Duang”的一声把我们乐的前仰后合，张阿姨赶忙跑过去，先是问Nancy有没有哪里伤着了，接着就又条件反射般的拿起她的小抹布，转身去擦刚刚撞上的那块胭脂印，弄得Nancy揉着鼻子置气：“阿姨您可别擦了，留个痕迹大家还能看见，这再擦，等下还得撞！”又是一阵哄笑。

搬家后的日子依旧，桌椅多了地方大了，张阿姨仍旧是老时间完成工作，就连我工位上的“纸巾包”也是一如既往。

“阿姨，您不用帮我拿吃的了，我现在早上都自己做早饭了，白天要是饿了自己想吃也会去取的。”

“哦，那好，哎呀，你还会自己做饭呢！”

“当然会呀，我现在早上起来就煮各种粥，黑米粥啊绿豆粥啊，正好这几天米快没了，周末就要去买了呢。”

“那你快别买了，阿姨家里有好米，可香了呢，你姨夫就是做农产品的，阿姨明天给你带，你拿回去煮粥。”

“这怎么能行呢，不用不用。”任我怎么推辞和拒绝，第二天我的桌子旁已然放好了一小袋的精米，鼠标的底下还压了张小小字条：“不许推了，你一个人能吃多少，带回去！”张阿姨想是怕我抹不开，早一溜烟的没影了。

日子也就这么一溜烟的往下过，真正事态发生变化是在那一年的春节前，那天张阿姨神色匆匆的跑过来叫住我，问我能不能先借给她 3000 块钱，说是她大儿子中考前体检，结果偏偏查出了毛病，急着要动手术，一时间又凑不齐那么多钱，我知道她一门心思的都在俩孩子身上，定是急坏了，一面安慰着她，一面跑去 ATM 机取了 3000 块钱给她，张阿姨一面道谢一面解释：“阿姨这几天要请假先回老家了，过了年回来就还给你，你别着急啊。”我嘴上念叨着不着急，心下想着阿姨的年怕是过不好了。

初七那天，收拾好行囊，我返程回了北京，想着张阿姨平日里的照拂，临行前特意带回了一箱老家不外销的牛奶，希望见面的时候可以交给她填上一分安慰，却听着公司里人声浮动，人事姐姐聊起找不见张阿姨的人了。

“手机号码变了空号，入职登记上的地址找过去也说年前就退了屋子了，哎呦，当时还说家里有急用借走了我 3000 块钱的。”

“伊哪能还么回，三千钞票，也跟吾借了哇，莫不是骗子伐！”

“不能吧，你看平时阿姨干活都很认真的，而且又对我们都很好，不过我也借了钱给她了。”

“哎呦，知人知面不知心的伐！”

最后林林总总的算起来，公司倒是有二十多个人都在年前被阿姨借走了三千块钱，就连金额都是如此的一致，这下行政部急了，到底要不要报案，万一报案了又是误会可怎么办，末了大家商量着决定再等等看。

那天 Nancy 就披了件开衫，露着她笔直的腿站在公司的阳台上狂吹风，二月里零下五度的北京城，透过骨子里的寒凉，她看我走过来便说“你知道吗，我之前早上总不吃饭，张阿姨还给我带过她包的饺子，我妈都没管过我……我现在挺害怕她们报案然后得出个不太好的结果，我宁愿相信她是真的家里遇了难事不便开口……”

就这样，一天，两天，一个月，两个月，半年……直到我离职，张阿姨也都不曾回来过，而我们所有人纵使有过挣扎和不甘，也都选择了让这件无头官司消散在了那个春天。

人啊，一旦嗅到了一丝希望，就总忍不住想去要个结果，探个明白。这次偶遇在我心里生生的埋了一根刺，从龙井山上下来，我已记不得缭绕里的雪景有几分龙井的清浅淡白，独自一人匆匆又折回了咖啡店里，跟店员打听起了张阿姨。

“哦，她啊，她是姓张，不是本地的，干活特别勤快，人也爱聊，说她有对双胞胎儿子，大学毕业了在这边工作，她就跟着来了，还跟我们讲说她儿子之前生大病，还是她打工的地方大家一起帮衬着给她付了医药费，说是六万多呢，也不让她还，她天天念叨着菩萨保佑，好人平安。我们老板觉得她干活利落，而且又知道感恩，平时也都让我们多照应着点儿。”

我有些恍惚的听完店员的讲述，一时间接不上后面的言语，拎着打包好的美式咖啡想要逃离，却不偏不倚的赶上张阿姨推门进来，她盯了我几分钟：“姑娘，我们之前认识吗？”

我摇头笑笑，“不认识……”

那天夜里我踩着快要化干净的洁白走在灯下，靴子里的两只脚已冻的冰凉，喝着不加一丝糖的那份苦涩，却生生品出了点儿甜的滋味……

本篇完

2018年12月26日晚

《相逢一场值三千》是一段讲述“相遇易 相认难”的故事，我们奔忙在异地的路上，因为过度的关注自己，很难看得透彻那些旅途中的同行人，然后走着走着，就任由彼此成为了过客。

人或许都是复杂的，我们往往愿意相信自己希望相信的那部分，然后在脑子里把曾经刺痛过自己的片段抹去、改编，想来，人生本就艰难，又何必给自己平添苦难。

开年的烟花桶

元旦倒计时十秒的时候，深圳世界之窗的“埃菲尔铁塔”下已然挤满了人，人们把自己包裹在不透一丝风的冬衣里，乔装着“巴黎份”的浪漫，仰头企盼着十个数后的星夜绚烂。

数字数到七的时候，老薛默默攥紧了左边裤子口袋里的绒布首饰盒，那里面是一只极其精致的玫瑰金色流苏耳环，耳环的顶端还镶了一颗红色宝石的桃心，一眼打量过去，这物件仿若是祖祖辈辈传了下来的，少了点儿当下都市的摩登，多了份直男系审美的作古味道；数字数到五的时候，他用来拉着小亚的右手分明力度重了些许，这力量也好像施了魔法一般，一下子通到小亚的心上，心跳免不了的跟着重了两拍；当数字数到三的时候，小亚闭上眼倒吸了一口气，然后悄悄的，把自己左手里攥着的另外一只耳环丢进了身边的垃圾桶里。

随后，夜空亮了……

说起来，老薛和小亚，也不过刚刚完婚一年半的光景，在他们结婚前，用了差不多一样多的时间去谈恋爱和谈婚论嫁，统共加起来刚刚好的凑齐了一千个日夜，所以故事还得从一千个日夜之前讲起。

两人的相识不在校园，倒也还依稀透着学生时代里恋爱的懵懂美好，那是公司营运一线的培训课程上，许是丘比特飞过时不偏不倚的扔了支灵箭下来，许是月下老人醉饮时悄悄的捆了条红线来，当然更可能的只是老薛时任领导有意无意的安排，总之，来自不同城市的两个人，用不到一个月的光景，把一首“同桌的你”演绎成了遇上对的你，培训期满后，老薛和小亚各自回了老家的岗位，可这心，倒是分了一半出来，跟着对方上路了。

小亚妹子是个极其聪明灵透的姑娘，管它什么时候，只要一张嘴，脸上就会挂满了笑，人又长得甜美俊秀，一线的工作自然做起来也是风生水起，不到一年的工夫，小亚就率先晋升了经理；两相比较之下，老薛却是一敦厚不善言辞的主儿，问什么便聚精会神的答，若是你不言语，他也就怔怔的陪在一边不吭声，由着这般，年纪轻轻的就得了老薛的“雅号”，虽说偶尔会有那么几分不解风情的执拗，可在小亚面前，总会显出包容担当的样子。两人一动一静、一憨一灵，倒好像为彼此存在互补一般，恰到好处，又相得益彰。

中国有那么句半古不古的话，叫做“不以结婚为目的的谈恋爱都是耍流氓”，像老薛这种耿直性格的汉子哪里是块耍流氓的料，两人认识才小两个月的时候，心底里就偷偷把结婚的事儿想上了日程，更是为着优先小亚的便利，跟领导递了几次的调动申请，眼瞅着调令一批就要奔向心爱的人儿，偏偏事态就生了变故。

变故这叫法倒也不尽然，左不过是因为老薛的谨慎负责被区域的市场部领导给看了去，想要到下面做个为期一年的借调，这下可难着了小伙子，一面是马上要到手的媳妇，一面是不知前路的工作，思来想去的，老薛把心一横，觉得自然还是媳妇更要紧些，赶着就要去推掉这份好意，刚把电话握在手里，老薛突发小聪明的抢先打给了小亚，把这件事的来龙去脉都给说上了一遍，本来是盼着让小亚高兴，偏生着小亚一听就投了反对票。

“我觉得你还是要去的，这机会多难得啊，而且实话讲，你人情世故上是差了很多的，到市场部刚好可以好好锻炼一下，结婚嘛，我又不会跑，没那么着急。”准媳妇发了话，老薛也就又重新铺平了铺盖卷，乖乖的去了总部报道。

老薛这个人，总是有那么骨子“钻”的劲头，知道自己不算聪明，就每天早上不到六点抢先的把份内工作学起来，两个月的光景，虽说仍是个新人，业务上倒是越发娴熟了，工作顺畅了效率自然也就上来了，这换了旁人怕是要懈怠的，可老薛偏偏也不闲着，多了时间出来除了给小亚打电话“汇报工作”就是给自己充能充电，偶然的机会下，老薛接触了这两年风生水起的“区块链”，跟着一些个“咖”们开始小试牛刀，结果赶上了币圈的一波牛市，转眼的功夫收益竟翻了几倍，原本还愁着结婚的彩礼和新房首付，倒是一下子都有了着落，小两口风风火火的提前办了婚宴，而后继续的分隔两地。

结了婚的老薛自觉肩上的担子变得重了，不过胆子和魄力倒也跟着大了，他暗自算了一笔账，若是自己和小亚两个维持着现状不变，光是还贷款就压力山大了，更不要提将来养娃、生活，还有孝敬公婆，而变得更要紧的是，不断充能的老薛开了眼界，眼看着固定岗位的视野维度快到极限，全情投入新兴产业的念头盘踞着脑海，几经踌躇之下，老薛毅然辞了职，和媳妇商量着，计划了南下。

结了婚的小亚，除了往日里的那份灵动依旧，却也多了为人妻的从容，老薛辞职之后，她就身体力行了夫唱妇随，如此，倒算是双双的落脚到了深圳。

这不大不小的年纪，两个无所畏惧的年轻人带着憧憬转眼就化作了异乡人，初到异地的新奇在一个月的时间里慢慢归为平淡，小亚凭着洞察力和好文笔找了份不同于以往经验的新媒体工作，起始的工资虽说没那么高，但凭着她的那份聪明灵透，前景倒还是蛮可观的；可老薛却在这漂泊的一年里，跌跌撞撞了几个回合。

刚落脚深圳的时候，恰逢遭遇了币圈里的一波熊市，这突如其来的大跳崖让圈中人不免慌了几下手脚，那些被称作“韭菜”的投机者，套现的套现，离场的离场，老薛凭着前期的理论充能和心理建设硬生生的给扛了过来，果然没过多久，红利期再起，熊市里埋下的投资跟着水涨船高，老薛看准时机借着好势头办起了讲座，一时间也是门庭若市，讲到三个月出头，宏观干预正式袭来，那些带着数字含义的“钱币”一个接一个的又熊了下去，跌到低谷的时候，老薛一面心下盼着前景，一面又暗暗担忧着现下，更怕小亚会跟着多心上火，便每天耗在办公室里，拖着时辰争取着晚些回家。

这么一来，小亚也渐渐觉出了不对，可又不晓得是哪里不对，跟老薛问起，人家又总说一切都好，小亚心里难免暗自担忧起来，莫不是老公也跟那些热播剧里的桥段一样，来了这摩登都市，钱多了就跟着起了花花肠子？有了心事的小亚不觉的慌了心神，一面后悔着不该让他多学人情世故，一面也因着猜忌对老薛冷淡了许多。

这回可轮到老薛犯起了糊涂，难道是媳妇发现了自己最近的收入不佳？还是说生活不适后悔跟着自己背井离乡的来了这陌生之地？老薛想着只要两个人的感情在其他就都还好的吧，等等，那小亚和自己的感情到底又有多少呢，他越想越怕，白天空下来就跟办公室里的闲人张大嘴探讨了一番……

张大嘴之所以叫张大嘴，就是为着他那好似天生的三寸不烂之舌，几乎是包圆了公司里的新闻八卦，一见一向敦厚的老薛来“请教”，更是来了精气神：“哎呦，女人心海底针的嘛，猜是猜不透的，你试一下就知道了啊，哥教你，你这样，你买个女人的东西，什么丝袜啊、耳环啊，然后扔在屋子里，等着你媳妇发现，你再去看她是个什么反应，要是紧张你啊，那肯定要生气爆炸的嘛，一下子不就给试出来了！”老张这馊主意出完自己没上心，偏生着老薛还就信以为真了。

平安夜的前一天，老薛提前下了班，那些丝袜的东西他可实在做不来，也就用钢铁直男的审美买了那对镶嵌了红色钻石的玫瑰金色流苏耳环，然后悄悄的把其中一只扔在小亚每日回来丢钥匙的玻璃盘里，心里美滋滋的看着自己的杰作，想着媳妇发作时的样子，再想想自己该怎么应答。

晚上小亚回来，照例把钥匙往玻璃盒里一扔，果不其然一眼就瞥见了那只耳环，再看看昔日很少进厨房的老薛在忙里忙外的做着晚餐，心下原本就有的疑问好像被铁一般的物证给证实了，“老薛一定是做了亏心事了”。小亚心下汪洋一片，不知自己到底做错了哪里，更不知要如何面对，于是淡漠着悄悄的藏起了那只耳环，继续在老薛面前装出若无其事的样子。

而老薛，眼见着媳妇发现了耳环却又无动于衷，更是暗叫不好。

两人就这样各自别扭着，一晃便是岁尾，想着要跟彼此去“问个答案，画个句号”，也就约定好了这跨年的行程，在等待最后那十个数字的倒计时里，深圳的深南大道上挤满了人，可却安静的好似空无一物，人们紧抓着站立于身边的彼此，依偎着抬头凝望天空，那一瞬，似乎全部的过错、失望、疑虑都可以抹去，天空一亮，便一切都能重来！

就这样，小亚咽下疑虑，狠狠的丢了那只“秘密”，老薛则在礼花绽开的一刻，打开绒布盒，完整讲述了这段没那么浪漫的“误会”。

跨年的钟声响起，漫天璀璨之下，恋人们拥抱亲吻，却唯独你见着两个年轻人，跪坐在垃圾桶边，聚精会神的搅翻着垃圾，笑的前仰后合……

本篇完

2019 年 1 月 2 日晚

《开年的烟花桶》是一段讲述“前路难 情可安”的故事，主人公的原型来自我前东家的一对夫妻，他们敢于用对彼此的信任和支撑，舍弃掉大多数人艳羡的安逸过往，去探一段不寻常、不可见的路，无论明天怎样，都让人忍不住地想去撒这一把糖。

我在这几年里的行路中，因眼见着身边形形色色的“真实和残酷”，越发的理性和自控起来，却也因有缘并行于二人的这一路，会忍不住在某个暖洋洋的午后想着，既选了这异地的奔忙，终是这般的相濡以沫更容易度过吧……

一切猜想都是虚构，一切爱意都在心间。

奔流的咆哮

杨力带着老婆闺女落脚临汾的时候，为的是份在黄河修门的工作，老实说，这工作实在没什么技术难度，只要会那么丁点儿木匠和瓦匠的技能，再加上不晕水的大条神经，基本就都能应付得来，可杨力也是实在没法子，还不是年轻的时候作大了，而今要受这背井离乡的苦。

认真计较起来，杨力的老家平遥离临汾终究也没有多远，近几年更是依仗着旅游业发展，名号叫得越来越响，按理说在平遥的地界上谋生计怎么看都要比临汾来得容易，可这一套对杨力却又不太适用了。

老杨现如今已是三十有五，在他二十不到还是小杨的时候，爹妈赌钱输了个家徒四壁，竟把这亲生的儿子一丢，径自跑了，小杨便开始有一顿没一顿的晃着，高中读到一半，饶是凭着一腔的哥们儿意气和天不怕地不怕的狠劲儿，跟“道上”几个混得开的大哥拜起了码头，起初学校里的老师见着，念着这孩子家事可怜，也总少不了要劝劝的，可劝了又能如何，说到底读书也不是那么容易的事儿，在这一亩三分地的小县城里，家家户户不过都是个尚可的情形，又哪里能有人好心到兀自多拿出一个这么大孩子的开销，慢慢的便也就散了。

那几年在平遥，弟兄们打架斗殴的节目从没少过他，可说来也巧，兄弟里每年都有几个因为重伤了人被逮进“号子”里去蹲蹲的，偏生着杨力屁事儿没有，这一来二去的，早些年的大哥们逐一没落，杨力大哥的名号倒是叫出来了。

可就算是当大哥，光有名号也是不够的，饭要吃，小弟要养，媳妇要讨，杨力开始想着是不是要找份正当的工作干干。怎奈平遥的地界就那么大，稍微正经点儿的工作哪里敢用他这号人，杨力嘴上不屑，眼珠子却是实诚的很，在那玻璃窗的公告栏里看了又看，也多亏了他的这顿“啥嘛”，眼尖的瞥见了“大力发展平遥地区旅游第三产业”的大字，虽说后面的内参是一句没读进去，但也已是足够让杨力心一横的自己干点儿什么，那天杨力在车行里转悠了 3 个小时，最后站定在一辆黑色的奇瑞前，往手心里狠狠啐了口吐沫，就此干起了拉脚的活儿。

那几年赶上《乔家大院》热播，陈建斌和蒋勤勤的夫妻档把那清末晋商的精明干练都揉进了骨血里，平遥的旅游跟着大火了起来，赶上旺季，杨力一天跑车下来挣的钱倒比那些朝九晚五的老实人一周的工资还高，有了钱的杨力自觉腰杆子硬了，不说旁的，就连过去跟他有点儿梁子的混混们都开始忙着搭线换梯队，可杨力也不傻，看惯了道儿上的那点子人来人往，趁着好光景，找人给说了户漂亮的媳妇，成家了。

结了婚的杨力还真的是变得不太一样了，道上的事儿掺和的越来越少，有空闲了就多跑两趟车，跑完了拿那灰突突的指头尖数上两遍票子，再从中间半分的位置一折，揣进腰间的黑色卡扣包里，径直就奔着家去，弟兄们背地里都笑他让个女人给制住了，杨力也不去辩白。

杨力的心收进了家里，可年轻时出来混的那股子野劲儿到底还是没收住，两年前杨大嫂怀了娃，杨力拉活的油门更是给踩到了底，有胆小的乘客扎紧了安全带好言相劝，他也就痞里痞气的笑笑，说句“没事儿，这路我熟悉的很”，然后继续的把油门踩死，而胆子大些的就指着他开骂，他也懒得骂回去，有那功夫，又是一趟活儿呢。就这样，“因果报应”这四个字到底砸向了杨力，他拉着四个乘客在雨天里为着躲一个大货，径直的撞上了树，大货倒是避过了，可终究这车子的速度太快，一车的客人都受了伤。出事儿后，杨力把这几年的积蓄都给赔了进去，又带着挺着大肚子的媳妇挨家挨户的登门赔罪，好说歹说的才算躲过了牢狱之灾，只是这车，是再也不敢开了。

杨力差点摊上人命官司的消息一夜之间就传遍了平遥，好像一切又都回到了原点，正经的工作不要他，道上的人也开始避着他，跟了他几年的“翔子”劝他不行就离了这破地方，找个不知道他底细的去处，也就这么着，杨力带着老婆孩子，扎根到了临汾。

要说杨力的老婆也算是个有良心的，杨力的品行不好又落了难，在外人看来终是要大难临头各自飞的，就连杨大嫂身边也有不少人劝她另选个好人家，偏生着杨大嫂不听，说冲着这几年老杨对自己的那份心思，她贫贱生死都是杨家的人。为着这句话，老杨在那没人的角落里，竟也偷偷抹起了泪。

杨力一家子刚到临汾的时候，正值黄河的汛期，黄河两岸绵延几公里的围栏门维护要上一把的长工，负责的老板们担心着影响了旺季收入，急急忙忙的招入了一批的人，乱糟糟的也就省去了背景查探，这倒是给杨力带来了机会。

这一家子原本是可以住在离黄河更近的吉县的，可杨力媳妇想着将来孩子上学总归要用钱，便也在临汾市内寻到了份看报亭的工作，大老爷们儿总不能看着自己媳妇遭罪，杨力也就咬咬牙把家安在了市内，自己跑起了通勤。

从临汾到吉县，做客车是三十块的价钱，晚上赶不上末班车搭个小巴一般在旺季的要价是每人三十五到四十五块钱不等，杨力除去常规的修理维护，偶尔也要应对突发的栅栏损坏，这倒也是增加额外收入的机会，不仅当日的维护另算，来回更是有八十块的车费补助，时间一晃到去年的七月，杨力已经在黄河修了快两年的木栅门了，偶尔想起刚来的日子，初见那奔腾的黄河水，也曾有过慨叹，可最近这一年，整个人倒是变得越来越提不起精神了。

那天下午，他随着三个外地来玩的女娃一趟客车进了壶口，一下车三个丫头就仿若脱缰的野马一般冲了出去，跑到那离护栏最近的地方，顾不得迸溅到身上的那点子黄泥，举起相机便是一顿的按快门，杨力远远的望着她们，也忙起了手上的活计，近来他越来越想不明白，这纯天然的黄河水怎么就被人给收了门票去，还卖得那么高的价格，他在心里不自觉的骂起了猴精的商人，骂这群被猴宰的傻子，末了也骂骂自己，想着要是没这些个傻子，自己的这口饭也就跟着没了。

吉县地段的黄河对岸便是陕西区域的观景台，随着太阳快要落下山去，陕西那边黄河大合唱的舞台上也演起了雷打不动的节目，红旗硬着余晖砰砰作响，他们从解放区的天一路唱到了东方红，望着对面乌泱泱的游客，杨力暗自猜着，那边的修门师傅会不会比这边的工资更高上一些，他推测着或许那么多人需要紧急维护的状况肯定也是会更多一些的。

黄河水在山西和陕西的地界中间划开了一道迈不过的沟，七月里还完全算不上是汛期的峰值，可它也竟拍打着升腾出了经久不散的白褐色烟雾，透着那层缭绕，你见那辨不清泥沙的“黄色”波浪打拍子一般的滚滚向前，演奏出不知疲累的呼呼咆哮。

太阳落山的余晖有那么点儿晃得杨力犯起了迷糊，他赶忙把目光放回自家的地界，那三个女娃还在找着位置拍个不停，旁边几个拽着驴子皮肤晒得黝黑的壮汉系着头巾、叼着烟斗在吆喝着：“骑毛驴，看窑洞，一个人二十嘞！”杨力想着这钱挣得可真是容易，拉条自家的驴子，再牵着到自己家里走一遭就算完活，唯一需要担心的也就是这驴会不会被累死喽，它那瘦弱的脊背，能驮起二百斤的壮汉？可杨力再一想，人都活不好了，谁还会去管头驴，哎，谁让自己就连个驴都没有……

胡乱想着的功夫，那木栅上的间隙已经补好，太阳完整的都躲了下去，杨力收拾起包袱看了眼时间，已是错过了末班客车，也就随着游人一起赶去拼个小巴，师傅要价四十五，他没搭腔径直上了车，当下里面已经坐了五个人，师傅却也还没有要走的意思，末了，又等来了三个回临汾的游客，还是那三个女娃，满脸带着笑，也不晓得讨价还价，上来坐定就开始翻照片找酒店，叽叽喳喳的吵得让人心烦，而原本七座的小巴车里也因为三个人的到来挤成了九座，杨力心里想着自己当年在平遥跑车的时候，也没敢这么塞过人，竟还觉出了那么点儿不甘。

中途的几个地方，陆陆续续的游客付了钱下车，剩下了杨力和这三个女游客，等到杨力下车的时候，他已是铁了心的只给三十五块，这一来司机可不干了，明明说好了是四十五，怎么就能变三十五，杨力不管这些，扔下钱转身就走，司机一看愣了两秒，飞一样的离了驾驶室，站在马路上抓着杨力的衣领就喊了起来，俩人为这十块钱你一句我一句的骂了快二十分钟，全然不顾车上还坐着的三个人，最后几番僵持不下，各自让了五块，用四十元的价格结了车费，司机拉着三个女娃离开，一路上骂骂咧咧的埋怨着这不讲道理的修门师傅，愤愤的踩着油门，念叨着自己赔了的五块钱。

而杨力，独自走在回家的路上，想着预备买给闺女的玩具可能还得再等等，看看时辰，媳妇应该还没吃晚饭，倒是可以捎只鸡腿回去给她加个菜，他选了只黄澄澄还滴着油的大腿，递过钱的工夫，也不忘啐啐那无良的小巴司机，害的自己赔了五块钱。

临汾这座城市，壶口黄河的咆哮除了冰封期都不曾停歇，从火车站出来到尧庙客车站，有那么一路公交车，乘坐的人一向很少，可司机总是每站如数的停着，报站，再开离，那份机械般的一丝不苟，跟那奔流的黄河水一样，岁岁年年的不曾改变。

本篇完

2019年1月10日夜

两天前友人邹先生的一幕燕郊拼车让我猛然想起了去年的壶口行，于是才有了《奔流的咆哮》，这姑且算是一段讲述“迫生计 路茫茫”的故事，主人公杨力是个残酷的有血肉有念想却没挣得出路的小人物，他让人们着实爱不起来，可恨好像也说不上。

你看景区里那喊着三十五十的脚夫，拎着果子烤肠叫卖的阿婆，牵着毛驴叼着烟斗的壮汉，他们要么嗓音犀利眼神灵挑，要么面目呆滞毫无生气，可生活都在那么往前走。

人们不曾想过，或许那些我们每天看在眼里的不以为然，都已是他人拼尽全力的以命相搏。

孔孟味与蛮夷所

时隔六年，一声“青岛站到了”，梁子生拖着他24寸的行李箱重新踩在了故乡的站台上，和那些来来往往的旅人不同，他并不赶着往“家”的方向去，而是慢悠悠的点上了一根烟，混着铁轨特有的机油味，一口接一口的吞云吐雾起来，恍惚间站台上的梁子生觉着，自己好像嗅出了点儿齐鲁大地上才会有的孔孟味道。

“齐鲁大地，孔孟之乡”这八个字是梁子生身在异乡时逢人必提的，虽说他不过也只是大专的文凭，却总觉得好像因为有了这八个字自己也被镀上了一层金。

如此这般，喜欢自诩“文化人”的小梁，打心眼儿里是瞧不上东北那块“蛮夷”地的，虽说早年间“闯关东”时人们挣命的路线也大抵都是从山东来，到北方去，可毕竟都是些老黄历了，几代人下去，早已入乡随了俗，变得继续“蛮夷”起来。

可越是这般，越是造化弄人，梁子生到底还是为了他那伟大的爱情，在这块他瞧不上眼的土地上蛰伏了六年，此间委屈、憋闷、不甘……难以一一言明。

故事还得从六年前说起，那时候的小梁，在老家一个庆典公司里做着跟拍和剪辑的工作，一次年会的追影上，扛机器的梁子生遇上了“看本子”的乔子落，小乔和那些趁着欢庆牟足了劲儿跟老板们敬酒献殷勤的人不同，自始至终都安静的坐在宴席的一角，翻看着她手里的小本子再时不时的抠一抠她亮得晃人的指甲，梁子生觉得那幅闪着光的景致至今都是他命里逃不掉的定格，而那定格里的姑娘让彼时的他忘却了世间烦扰，借着拍照的功夫，小梁偷瞄了一眼她桌上的名牌，更认定了这是命运的安排，子生子落，刚刚好诗一般的结合，打着传年会照片的幌子，梁子生要到了小乔的微信号，开始了每天的你好和晚安。

那时候的小梁年轻帅气，有骨子天不怕地不怕的冲劲，认定了一个人一件事就敢全力以赴的去追，送早点、送水果、帮拍照（要知道，照片拍的好的男孩子，可是赚大了的）、当司机……不出半年的功夫，梁子生和乔子落便已是打得火热，本以为一切会按部就班的前行，可怎料，春夏交叠的时节里，小乔的爷爷过世，打破了这原有的平静，乔家人坚持要女儿回老家去，子落因着爷爷的突然故去，也是越发放心不下爹妈，满口答应着就辞掉了工作，等到了和小梁摊牌的那一刻，却又开始梨花带雨的哭个没完，灯光底下肿起的双眸映着初夏的几分温纯，梁子生揪着心，不舍这天赐的缘分就那么飞了，一咬牙一跺脚，跟着就来了东北。

小乔的爸妈是地地道道的盛京人，把东北特有的那股子热络都融进了骨子里，看着小梁这么个年轻帅气的小伙子，为了女儿背井离乡的也是打心眼里感念。而小梁却是有些傻掉了，虽说他在半年多的交往里大体上也知道乔子落的家境不错，可到底是没想到，竟会殷实到俩人就算坐吃山空也空不到他们这一辈的地步。

起先梁子生除了些许震惊倒也没觉得怎么样，甚至还有点儿小窃喜，左不过是媳妇家里条件好点儿，准丈母娘也都没有要求他必须有车有房的，只要能对小乔好，人老实，女儿愿意，他们就都不反对。这对小梁来讲怎么都是好的，没到半年的工夫俩人就领了证，热热闹闹一家子住到了一处。可慢慢的小梁觉得心里不那么是滋味了，“吃软饭的”“倒插门女婿”这是他一个孔孟之乡出来的汉子打死都不想要被贴在身上的标签，看着身边睡得香甜的小乔，梁子生下了决心，定要做出一番事业来，自己的媳妇自己养。

思来想去的，小梁就着老本行的手艺在沈阳搞了间工作室，做起了婚庆的买卖，早先两年行情好，虽说公司的整体运作迷迷糊糊的，可靠着小乔母家的关系倒是也承接了不少大大小小的庆典，只是近几年，东北遭遇经济寒冬、政府大力整治，庆典的买卖愈发的难做起来，同规模的公司要么合并做大做精，要么都转型去干起了代购微商，可小梁还在死撑着。

说到底，公司毕竟不是他一言堂的地方，底下带起来的学徒要么吵着加薪糊口，要么干脆连人带手艺的转去了影楼，几年里走走停停，跟着他坚持下来的就剩下了哥们小吕，没有活接的时候，俩人就跑去周边学校的篮球场上打打球，用体能发泄发泄这些许烦闷。

十一月的深秋，球场周边的几株杨树已是经不得任何变故，一阵风刮过，泛黄的叶子就卷着几个跟头的落下来，铺上一地的金黄。梁子生在呼啸的北风里跟篮网博弈了三个钟头，脑门上因为运动积攒起的汗，还没等褪去，就又就着刮得凌乱的树叶，被那呼啸一吹，快速的散没了，只是这风也冷的他一个激灵，头不自觉的开始疼起来。

小梁收拾好了篮球，又磨蹭着点上一根烟，吧唧吧唧的抽着，挪着往家的方向去。他揉着太阳穴推开门，见媳妇正坐在沙发上摆弄着新买的包，那包的价格一眼看去，便知已快是他这三个月全部的盈余所得，小梁想着自己的手机并没有收到任何刷卡提醒，不用问，媳妇的钱一定还是娘家给的，他觉得头开始针扎一般的疼了，媳妇有一句没一句的发着牢骚，说邻居家的小陈又买了条狗，天天巴巴的黏人起来没完，说现在的美甲技术真的是越做越烂连个钻都粘不牢，小梁怔怔的听着，也不去接话……

晚些时候，小乔那个二世祖弟弟来家里蹭饭，梁子生一直对这个小舅子没什么好印象，那副吊儿郎当的模样让人见了忍不住气就不打一处来，没个正经的工作还天天跟帮狐朋狗友夜店酒吧，可就算是这么个歪瓜裂枣，居然还动不动就看不起他小梁，总有意无意的暗示着让他把公司关了，在家好好陪他姐……

“我呸，他算个什么东西！”梁子生心下念着，觉得头疼得更加厉害了，草草的扒拉了几口饭也就回了屋子。

两天后的周末，媳妇一家约好了去棋盘山的别墅度假，二世祖小舅子又一次戏精上身，开着他那120万新购的路虎好一番招摇，可偏偏小乔却宠溺的对着这个弟弟好一顿夸，说他眼光不赖，这车子选的好，还说一家子出门就得这样才爽利，小舅子得了便宜，冲着小梁一个劲儿的使眼色，搅的他更是烦闷。

那天夜里，趁着家人都睡去，梁子生摸黑爬了起来，在客厅茶几上抓起小舅子的车钥匙就跑了出去，然后开着他那“战利品”一般的座驾在棋盘山的夜路上兜了几个来回，本想着给它撞个稀巴烂，却到底踩不下那脚底的油门，说来也怪，不知怎的几圈溜下来，小梁心下竟腾升出了无比的满足。

后来梁子生把这段经历讲给哥们小吕，任凭嘴上说着多少对他二世祖小舅子的厌恶，眼睛里却都藏不住那份握了方向盘的满足。小吕没多说什么，只默默想着小梁好像也没有多么高尚。

公司的不见起色加剧了梁子生的焦虑和对这座城市的厌恶，媳妇无意间的一句话也总能让他品出不一样的含义，借着初中同学会的邀约，小梁回了趟老家，觥筹交错之间，他看见那个他很多年前暗恋的姑娘，在人群里笑着闹着，他听见他们说她竟还是单身一人，仗着酒劲儿，小梁径直走了过去……

后面的故事，竟真的狗血了起来，梁子生发疯一样的爱上了这十几年后的初恋，他觉得自己好像重新做回了人，觉得他只要回到这熟悉的土地，什么就都可以重来。

同学会结束，返回东北的梁子生，斩钉截铁地把一纸离婚协议递给了妻子小乔，乔子落先是一愣，便又是一场痛哭，发动全家人耗了整整一年的时间帮着小梁去“迷途知返”，可小梁这次，却也好像被施了魔咒一般，一门心思的想着逃离这个城市，逃离这个绑架了他的女人，逃离这群给他贴了标签的“亲人”，那些往日里“子生子落诗一般的邂逅”早已是烟消云散。

一年后，梁子生终于如愿的办完了离婚手续，离开前他找小吕喝了最后一顿酒，他说自己再也不会来这个鬼地方，说他已经恨毒了这座城市，说他近来发现自己好像爱的还是小乔，而那所谓的初恋其实早已不是原来的样子，说他终究算是能回到他的齐鲁大地去了……

也许每个男人全都有过这样的两个女人，娶了红玫瑰，久而久之，红的变成了墙上的一抹蚊子血，白的还是“床前明月光”；娶了白玫瑰，白的便是衣服上的一粒饭粘子，红的却是心口上的一颗朱砂痣。

——张爱玲《红玫瑰与白玫瑰》

本篇完

2019 年 1 月 17 日夜

《孔孟味儿与蛮夷所》说的是一份“离乡怨 归乡愿”的故事，老实说，这不是我喜欢的情节，可它偏生又是鲜活的，当初小乔的愿丝毫不无辜的打造了梁子生的怨，可纵使这般，回了故乡的小梁，心中的那抹愤恨就当真能消融掉了吗？孔孟之乡带给他的到底又会比蛮夷之地多出些什么？

一篇《红玫瑰与白玫瑰》，张爱玲已是把天下男子的面目都揉碎进了文字里，却也终究躲不过一个胡兰成；梁子生把两朵玫瑰采下，却也早已辨不清自己想要的气味……

天边的玛尼堆

拉脊山的海拔升到3740m的时候，伊青觉得耳朵里开始出现飞机急降时的涨迫感，连同周围的声音也跟着变得飘忽起来，她一面裹紧了刚刚从后备箱里拽出的冲锋衣，一面后悔着早上不该穿条露出脚踝的阔腿裤，现下，怕是真的更换无门了。

司机张师傅照着他以往每一趟跑青海大环线的行程，把车停在了拉脊山的路标下，然后操起浓烈的西北腔喊车上的三个旅人下去拍照，同车的两个年轻小伙早已跑没了影，伊青慢悠悠的蹭了几步踩在栈道上，山脊的风嗖嗖的灌进腿里，冷的让人不免打起了退堂鼓。转身的工夫，对上张师傅那双热情催她前行的眼，“罢了，再多走个几步吧”。

原本这趟青海行是不在伊青的行事历里的，可工作室能跑外勤的编辑都已经被“发配”了出去，主编急着要出个西北的专题，只能跑来磨小伊，苦口婆心的碎碎念了三个钟头后，伊青被聒噪的不行，也就缴械投降，想着或许能看到青海湖的日出，长叹着挪动了她快长在工作室的脚。

就连拼车的点子也是主编出的，说是一来能省下部分经费，二来保不齐能挖些同行者的故事出来，只是主编这如意算盘实在打错了人，依着伊青的性子，断是不会主动去“盘问”些有的没的。

拼车的司机张师傅常年跑着西北线，一年到头在家的日子掰着手指头就能数得过来，其中青海大环线以七天为一个周期，从每年的四月开始一直持续到九月、十月以后，就是胡杨林和稻城、色达的天下，虽说这一年里的天气阴晴不定，可张师傅队里的生意竟也不曾有断档的时候。

这趟青海行一起拼车的两个年轻小伙儿是今年毕业的大学生，常年浸润在柔和的江南烟雨里，在即将踏入社会这个大染缸的档口，萌生了一睹西北广袤天地的心绪，俩人从下飞机到直奔青海的这一路，竟都勇猛的只穿了短裤，呵，短裤，真是年轻！伊青看着风里矗着的四条腿，不免觉得更冷了。

追忆着年轻不再的伊青依旧懒懒的踩在栈道上，看着两旁绷直了砰砰抖动在风里的经幡，上面印满密密麻麻的藏族经文，耳边那呼呼的声响好似在述说着每一段久远的祝祷，那份看不懂的“无知”恰如其分地教会了伊青敬畏，她驻足在栈道的一隅，小心翼翼的按下相机快门，草草瞥过一眼存下的景象，便是再也不肯向前了。

等着小伙子们返回的间隙里，伊青想到了塔尔寺里朝拜的人们，想起那些闻起来有着刺鼻香气的酥油花和寒冬腊月泡在冷水里的手，想起这一路上人们一步一磕头的虔诚。

差不多是在距离塔尔寺还有五公里的时候，伊青开始注意到朝着寺庙方向磕头前行的人们，那些匍匐着行进的背影，大多身披着红色藏袍，剃着寸生的头发，胸前挂一串珠子，那珠子随着每一次的低头起身在地面上划出零散的声响。而除去这些标榜着信徒身份的“使者”，磕头前行的队伍里也有人只做了汉化的寻常打扮，伊青看得出神不免举起了相机，结果张哥就拉开了话匣子。

“那些跟你们一样，都是去塔尔寺的，每次跑车都会碰见，最夸张的一次，我见过从西宁上了公路就沿着边线磕头的，也不知道等磕到了寺里得啥时辰，那力道看着还不小，你说这脑袋瓜子还不得磕肿了，不过绝大部分人还是到了寺里才开始拜的。”

“其实我觉得吧，这个虔诚不虔诚也不是说一定要用距离去量的，还有你看那些个穿藏袍的，你觉得可能挺怕人的，其实聊起来也没啥，磕头的人，有的是念了愿望，平安啊、健康啊、发财啊、升学啊，各式各样的都有；也有的是愿望实现了然后忌惮着因果跑去还的；还有的就真的是啥也不为，打小儿家里就告诉这是一件他们活着就要做的事儿，就是那个，怎么说来着，对，转山和朝拜的了，去完了塔尔寺再去布达拉宫，一个接一个的走，走上个一年两年也都是他，你能懂的吧，就跟吃饭睡觉似的，这就是件他们认定了一定要完成的事儿。”

“等下你们到了寺里，几乎就都是磕头的，像你们这些来观光旅游的，照片就不要拍了，庙里都有说法的，不太好！”

“塔尔寺是有个三绝的，其中有一个是酥油花，那个要去看的，喔，那个真的是耗命一样的事情，这边管做这个东西的人叫艺僧，一般十五六岁就拜进来学，酥油那个东西很挑温度的，你要是手上稍微热一点儿，它就定不住形了，那些个小娃娃真的是从早到晚把手就泡在冰水里，然后去捏那些个花啊鸟啊佛像啊，几年下来基本都是残废了，最轻的也得是个关节炎。哎，你说这图个啥呢，这爹妈心得多狠，我是想不通的。”

张师傅自顾自的说着，也并没有真求个回答，两个小伙子都听傻了眼，还不时的掏出手机配合的去求证一番，伊青却在心下想着旁的，这番慨叹是张师傅收罗了多久才讲得出来的，他是依着七天一个周期给他的客人都讲上一遍吗？还是也会更新了从旅客嘴里挖出的新鲜题材，这般猜测着，竟也不自觉的笑了出来。

车子快要行进到黑马河的时候，两旁有庄稼开始映进眼帘，碧绿的青稞望过去直通着天际，好像繁茂的草原一般，远处星星点点的油菜花因为季节未到的缘故刚刚冒了黄，裹了头巾的农妇已经等不及的举着牌子站立在路口，张罗着让来往的车辆停下一观，也好能挣些钱。

司机张师傅好心提醒着，“那些油菜花都是藏民自己种了出油用的，根本不是你们这些个观光客要看的那种，有些个车队啊，它就黑了心的帮着他们往地里拉，然后收了钱两边分，你们要看的那种油菜花，都是在扁都口，那才是一片一片的、橙黄橙黄的接着草原、雪山和天，油画上的一样，还是不收钱的。”伊青好奇着张师傅是不是真的见过油画，却又把这疑问咽回到了嗓子里。

“不是我要说人家坏话哦，你们不要以为所有的藏民都是电影里看的那样的，朴实啊，忠厚啊，是有这样的不假，可也有黑心的呢，故意牵了牦牛在你车子前面走，你也不能按喇叭，人家会说吓到了他的牛，要赔上 1 万块才行，这是精神损失费，你喇叭吓坏了人家要生不出小牛的；就这还是轻的，那要是撞到了，就是 10 万了，怎么算的？一头牛没了，以后也是要生小牛的，小牛还要再生小牛，都是要算到你头上去的，我们都管这叫牛霸，遇上了也没辙，就认倒霉，耽搁些时候，在后面跟着蹭，他们一看你是明白套路的就知道你是常年跑的车队，也就撤了不再耗着，再去找那些个不知道的生瓜蛋子。”

“还有青海湖边上牵着白牦牛那些，让你骑上拍照啊，你要是不想骑，就千万别接话，离得远些，那牦牛你也别去拍照片，拍了照不骑也是要交钱的，这是肖像费，牛都有肖像费的好不好笑！”

张师傅的这一番话倒是让这一车人都警觉了起来，一一的记在脑子里，生怕等下被抓了错处去。

抵达青海湖已是傍晚，为了方便去看第二天的日出，大家歇在了湖边的村子里，黑马河的住宿条件确是简陋了些，可好在保暖做的尚且到位，伊青害怕会有不好的“高反”，也顾不得想身上是不是干净，草草就着温水洗了头发，找了一圈不见有吹风筒，只好又用毛巾包起来擦得尽量的干，末了又抱着热水喝了一通。

早上五点四十分，天边依旧是灰蒙蒙的，按着老板娘的说辞，近几天的清晨大多是阴的，若是有日出，也就是五点五十分的样子，伊青把自己裹的严实，开着手电踱去了湖边，指针慢慢划向了六点，海天交接的地方依旧不见明色，等到了六点一刻，伊青头顶的地方早已泛起霞光，太阳已跳着到了上面去，罢了，这第 N 次的日出看来是又落了空。

大自然阴晴不定，本就难以捉摸，一次又一次的不得见倒是教会了人们在脸面上满不在乎，而在心里更加渴望。伊青想着这一路上叩拜的僧侣、牵了牦牛的藏民、裹着头巾的农妇还有跑了几年车子的老张，想着他们似乎都属于这里，有欲望，有渴求，可再细琢磨，却又好似都无所依傍。

天色大亮的时候，伊青转身折回，险些跌了跟头，脚边一个堆砌的玛尼堆直直的矗立着，想是来得时候太暗竟没有留意，它就那样堆叠着面向湖水，不知是何人在几时堆砌，不知曾被许下过什么念想，也不知它的主人是否看到了这难得一见的日出。

本篇完

2019 年 1 月 24 日夜

玛尼堆，藏语称为朵帮，意为垒起来的石头，在藏传佛教里，石头被认为是很有灵性的东西，你无需去挑拣形状体态，只要遇到了便随意的垒起来，凝结上祈愿，便是有佛法所庇佑的。

《天边的玛尼堆》说的是一段“不懂不惧不知不念”的故事，借着伊青的眼，我们得以一窥和宗教、虔诚、生活、纯良有关的异乡事，得以同行一段看似融进了却又求不得真相的谋生路。

那些转山的人们，捏着酥油的僧侣，拉着旅人的司机……他们早早的离了家，终其一生或许都在路上，可心好像又是牢牢守着“故土”的。

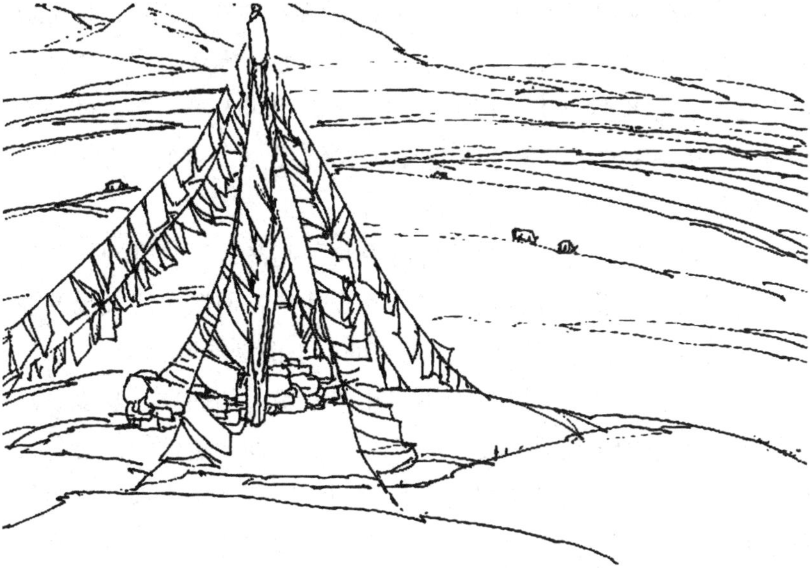

年根下的半永久

越是临近年根，筱丹的心越是慌乱起来，北漂的第七年，是否回老家过年又成了 To be or not to be 的命运抉择。不回，怕街坊邻居的闲言碎语淹死了老实的爹妈；可回吧，本就不多的假期，走上几个一年里只见上一回的亲戚，陪着聊陪着笑，委实也是累得很，就更不要提那些万年不变的“吉祥话”：什么时候办喜宴，什么时候生个娃……

想到这，筱丹竟不自觉的自己冷笑了起来，那双刚刚做过半永久的眉毛随着脸部肌肉的收缩抖动了几抖，两股子怨气嗖的顺着鼻孔喷出，这一阵凉气顺下，筱丹的心里倒是舒坦了不少。

和老公领证三年，除了爹妈和几个走得近的朋友，知道筱丹已婚的人竟连两个巴掌都凑不齐，身边的朋友知道的少，对公司更是瞒得密不透风，几个嘴皮子刻薄的大区经理至今都还以为筱丹是眼高于顶，孑然一身。而至于喜宴，起初还想着说等忙完了回老家补上个形式，虽不为了自己多高兴，也多少能帮着爹妈把这些年撒出去的份子钱收回来一些，可偏偏这一拖就拖了三年，而今再要办，听着倒像是个笑话了。

多亏了婆家是个通情达理的，对那些婚礼的繁文缛节毫不在乎，也不指着靠一场婚宴来发家致富，办不办酒席的就都随了孩子们去。筱丹的老公是读大学时的同窗，俩人一毕业就直奔了北京，期间饮食起居虽说也总有磕磕绊绊，可筱丹心里明白，且不说过日子本就是吵吵闹闹，就奔着老公这地地道道北京人的户口和那套落在西单又没还款压力的房，也能省去个几十年的奋斗了。

人还真是个复杂的动物，当初俩人在一起的时候，除去同窗的情谊，筱丹脑子里确是很理性的计算了利弊的，也曾实打实的给老公这北京人的“身份”加了不少的附加分。按理说，一般思量至此的人，大多也都是图个安逸，求个舒坦。可筱丹偏生又活拧巴了，把自己往社会里那么一扔，竟又成了个听不得闲话的拼命三娘。

其实筱丹刚落脚北京的时候，房价倒还没贵到这么离谱，只是这城市太大，大到她英语专八的学历也成了一张看着好看却没那么好用的纸，筱丹想着先做些什么补贴日常开销，匆匆选了份授课的兼职，可不知怎的，这工作越做下去就越觉得不对，外聘教师的课时不停的在加，忙起来竟连备课的功夫都给省去了，更不要说去花上大把的时间好好张罗自己的事儿。

筱丹依稀还记得夏至的那天夜里，教室的风扇嗡嗡的响个不停，连带了三个班课之后，她自己的嗓子哑的竟再多说不出一句话，冲杯咖啡润润喉咙的功夫，筱丹一下子缓过了神，丢下课本就速速的斩了前路。

这段稀里糊涂的从业让筱丹更明确了心中所念，果然没用多久，倚着标准的美式发音和良好的外形条件，筱丹正式入职了一家冉冉升起的房地产公司，更在董事长的私人翻译团里谋得了一席职位，而要说这翻译团里最出挑的，还得是当年的首席翻译姚瑟琳，一眼看去也不过刚刚三十出头的样子，修长的身形落在她永恒的 Valentino 上，再搭个白色的 V 领西装，大部分时候，董事长的涉外实时翻译有瑟琳一个也就够了，筱丹不过多是跟着翻译团的前辈做些个书面整理上的工作，倒也算是自得其乐。

偏偏后来有那么几次大阵仗的场合，董事长不知是为了加个双保险还是单纯的炫耀下自己还算拿得出台面的身份，竟也开始带着筱丹一起进进出出，觥筹交错之间，她看着董事长游刃有余的转着香槟，看着瑟琳仿佛跟那些个业界的大佬们都熟识得很，她看着他们聊基金、房价、股票、上市，到底也跟着多留了个心思去听，这阵子谁看好了哪只股票，谁又操盘了哪只外汇，筱丹一一在脑中记下，回去又查上几遍，要是价格合适，就跟着入了手，两年下来，竟也是稳赚不赔。

时间久了，筱丹按捺不住的"上进心"也跟着蠢蠢欲动起来，她想着自己比起瑟琳到底也差不了多少，论样貌体态，自己更要年轻，眼睛里的灵气看着也更多些；论学识能力，自己一口流利的美式发音，怎么似乎都要更好听些才是，筱丹对着镜子发愣，盼着好歹有一天自己"拔了头筹"，好有更多的机会去见世面、揽人脉。

不过筱丹自己也不曾料到的是，这一天竟来得如此快，那还是个火辣辣的夏日，筱丹前脚刚迈进公司，就听见前台的两个妹子在窃窃私语，一个说姚瑟琳不知什么时候竟悄无声息的办好了去澳大利亚的移民，一大早就跟董事长摊了牌的要离职，气的董事长把杯子都给摔了；另一个说是姚瑟琳和董事长的关系被夫人发现了，董事长为了息事宁人让她赶快走，瑟琳趁机敲了他一大笔的钱这才气的董事长摔了杯子。

筱丹心下猛地一惊，虽说办公室里的八卦闲话就没断过，可到底瑟琳也不是谁都能随便议论了去的，可这要是瑟琳真的走了，董事长自是来不及从外面聘个新人来，翻译团剩下的几个人里划拉一圈，能接下首席这摊子的，怕是也只有自己了，果然，没到下午，人事的新任命就下来了。

赶着瑟琳收拾的功夫，筱丹思量着好歹同事一场，就凑了上前，嘴上说着还有好些东西没有学的恭维话，可到底也难掩心底的一份雀跃。瑟琳看破一般的盯了她几秒，放下手中正收拾着的东西，悠悠的留了几句话："我是知道你想这个位置很久了的，你要明白，它能给你的确实很多，可同样，它取走你的也会一样多，Anyway，想要什么自己去选吧，还有，公司里的人，记住，别和任何一个坦露了你的怯懦和窃喜，即便是我，So，Good Luck！"说完，瑟琳就踩着她钟爱的 Valentino 利索的抱着整理箱头也不回的走了。

任命的第二天，现实就给筱丹来了个下马威，·开始她也只是觉得大家的眼神有些异样，还想着毕竟自己刚上任大家想巴结倒也正常，可接着就开始飘过来些有的没的，什么昨天姚瑟琳人还没走，筱丹就跑去好一番炫耀，什么其实是筱丹在背地里举报了瑟琳才把人给挤兑跑了的，编排的有鼻子有眼，还没等她缓过神去追这闲话的出处，董事长的一个电话打过来，下午要飞新加坡，顾不上吃一口午饭，筱丹就收拾着行李跟着奔了机场。

这一趟新加坡之行下来，筱丹才算是彻底明白了瑟琳的那番慨叹，这哪里是什么首席翻译，简直就是个全方位的生活管家，除去必须的翻译工作，董事长的时间表、行程、租车、酒店入驻、饮食、服装……竟都要她一人去照管，真的是三头六臂都齐整了，才能勉强着应付个一二。一天下来，筱丹竟没顾上喝一口水，夜里十一点，饿的睡不着的她想着，自己以后的生活怕也就是如此了。

大概用了小半年，筱丹才算把这"首席翻译保姆"的工作适应了下来，而有些暗地里的事儿，董事长也开始差遣她去办，筱丹自是懂得睁一只眼闭一只眼的。还有姚瑟琳，那些公司里传的风言风语到底有几分真假，会不会有一天自己也被说成这样？想的累了，筱丹倒也就不自觉的睡着了。

此后的四年间，365 天 ×24 小时的随叫随出发俨然成了筱丹的日常，也就在这不可说也无人说的间隙里，她和老公草草的领了证，老公心疼她的奔波，什么婚纱照、蜜月也就都随了她的脾气一切从简。公司的翻译团里又来了年轻的后辈，一个个牟着劲儿的博上位，筱丹为了坐稳这首席的位置，近几年更是小心翼翼的一步也不敢迈错了，生孩子自是想都不敢想。筱丹倏的就想起了几年前的自己和瑟琳，想起当年瑟琳钟爱的 Valentino 如今已被自己踩在脚下，想起这不知不觉也是三十出头的年纪，想起那还没有办的婚礼，也想起自己是不是也该要另谋个出路。

像瑟琳一样的去移民是不可能了，可要是换个新的环境，筱丹又着实不敢，她心里明了的很，那些个推杯换盏里的含笑不过都是逢场作戏，到底谁又敢冒着得罪人的风险去换个无伤大雅的翻译？最好的出路就是在集团里挪个岗位，可再去做文书翻译也是行不通的，那得有多少嘴巴议论她得罪了董事长“被贬”，正犯着愁，筱丹听闻总裁办和办公室都多了职位出来，想着这几年里自己为了董事长也算是鞍前马后，就跑去暗示了要“让贤”的念头，董事长一边说着理解，一边又把筱丹几年里的付出和成绩都数上了一遍，就让她回去等消息，筱丹觉得看这情形董事长是会给个总裁办的位置了，好歹觉着几年间的不易竟也都值了，那天夜里，筱丹睡了几年以来最好的一个觉。

第二天到公司的时候，新的人事任命果然下来了，不过不是她心心念念的总裁办，而是办公室里的一个挂名闲职，筱丹看着那一屋子插科打诨的大哥大姐，干点儿什么都是指使不动的，一气之下又跑回去找了董事长，讲起自己几年里对公司的付出和牺牲，董事长一一听着，而后就开了官腔：“我也是看你辛苦了好几年，让你去办公室是希望你能有时间安心的计划计划，好好的结婚生孩子，一个女孩子，北京生活挺不容易的，等你把自己的事儿都处理好再回来，我就给你换个岗位，到时候你工作也能更尽心，不会瞻前顾后了不是？”一席话听下去，筱丹竟是哑口无言，也懒得再去争论，干脆请了假跑回家里跟老公倒了一肚子苦水。

苦水倒完了，日子也还得过，筱丹想起了瑟琳临走时的那席话，觉得自己可真是傻，明知道董事长的手段和这权谋之术，可竟还奢望着自己有什么过人之处让他格外关照了去。觉得倒不如真的先生个孩子算了，那么就连过年回老家也好有所交代，别人问起来，就说今年就生，然后再问问他们打算给多少的满月钱……

这么一想，就连要不要回家过年都有了答案，筱丹对着镜子一瞧，自己这半永久都跟着精神了起来，回去给那些没见过世面的都瞅瞅，真是妙哉妙哉！

本篇完

2019 年 2 月 1 日凌晨

《年根下的半永久》说的是一段“舍不下 念不透”的挣扎，筱丹矛盾在选择之中，似乎每次那个抉择点总是在天平的中间，一会儿偏右一会儿偏左，工作如此、结婚如此、回不回家也是如此。

大部分时候的我们，或许都是这般，一面向往着安逸，一面又固执着拼搏，一面不忿着别人的特权，一面又奢望着自己被优待，世间大体平凡如你我，倒是“为难”才是真正的常态。

春节的行军团

年初二的晚上，沈城的二环外也已是不见了鞭炮声，很难说清到底是国人的素质变得高了还是当下的年味儿日趋淡了，CCTV1 里播着第四季的《诗词大会》，荧幕上，陈更依旧梳着两个辫子穿着那身国民装，却又好似改了样子。

冰箱里还堆着除夕夜里剩下的菜，那是一大盘子的西红柿牛腩，牛腩是筋肉相连的那一种，母亲炖到刚刚好的火候，很有嚼头又不会太硬，除去牛腩，盘子里大块大块的西红柿也都是事先被开水焯掉了外皮的，透着分明的晶莹，咬上一口又不会轻易瘫软，确是难得的好味道，东北这年下的时节里，还透着泥土气清香的蔬果标榜着不菲的价格，可也竟成了隔夜菜，就更不要提那些堆在盘子里看上个两眼就无人问津的瓜子开心果。似乎家家户户都在纠结着一个困惑，怎么这大过年的，就什么都吃不下了……

同样“佯装着”年味儿的还有火车站，从腊月廿五开始，便是密密麻麻的堆满了人，奔赴着一年一次的大迁徙，那些赶着要在正月里播出的七点档新闻也都差遣了记者摄像，扛着机器麦克，开始收集着每年相差无几的吉利话，素材收罗到差不多的时候，他们就回去台里配上几段标准流程里的主持语，便又是一年的回家团圆时，亲情好像总在这种时刻才能显得伟大和迫不及待，细品着，却又好似被贱卖了一般。

一个侯检口开始排起长队的时候，是说着又有一趟列车快到时辰去赴一段行程，车站的“小红帽们”也开始忙碌起来，他们盯上那些带着大件行李的旅客，赶忙的问着要不要帮忙，二十，可以为你的箱子谋个好位置，这可不是乱打乱撞的活，那些身强力壮的自不是他们的目标，他们瞄上的大抵都是些穿着整齐的漂亮姑娘，一眼看去便知是舍得拿个二十块换场清闲的，漂亮姑娘旁边是一对务工返乡的小夫妻，脚边的行李堆得也是小山一样，可这也不在“小红帽们”的狩猎目标之中，有趣的是，这对小夫妻刚刚欢天喜地的被摄像机对着，话不成句的讲述了回家过年的心情，她们此时还雀跃在被选中了上电视的喜悦里，全然不知这边已被“小红帽们”下了菜碟……

最先开检的还是老弱病残通道，那些个抱着娃，花白了头发的人们在闸口开放的刹那都变得生龙活虎起来，被注入了无限的朝气，仿佛闸口的另一端迈过了就是家，这场两不相让的拼杀倒是给些个年纪轻轻身强体健的人钻了空子去，稀里糊涂的就装着哪个娃的爸妈混了进去，得以早上了那么几分钟的车厢，你也别小瞧了这几分钟，许是这般，行李便会有个不要二十块也能搏得的好位置。

腊月廿九的下午，发往沈阳南的 G 列车六车厢十七排的位置上，是两个互不相识的他乡客，左边的是位穿着加厚羽绒服在年下跑去哈尔滨看冰的中年男子，此时他正接着来电，许是电话里听出了独自回老家过年妻子的抱怨和不甘，中年男子拿着手机屏幕更用力的往耳朵的方向贴了贴，好像怕被别人听了去一样，渐渐的，脸上开始显出那么一丝的不耐烦；右边的位置上是个身材高挑穿着薄呢子大衣的年轻女子，一顶哈伦帽时不时的取下戴上，中年男子猜测着她许是某个平台的“直播网红”，忍不住的拿目光从脚到头的打量了一遍，抬起的间隙，刚好撞上了年轻女子的视线，慌乱间中年男子看向窗外，追着那些不断向后的树木和电线杆，直勾勾的出神。年轻女子落座后，利落的安排起包包里的电话和平板儿，借着十七排的宽敞，对着镜头忙碌了起来。车厢里的站票旅客也都涌了进来，他们大多都提前做足了准备，小马扎一支，靠着车壁安顿好，除了背后偶有袭来的这季节里不可避免的那股子阵阵凉意，倒是好像很难说得上是有多艰辛。

现如今动车高铁的车厢里已是很难一见那种充盈着满满企盼的回乡情，大部分的时候，人们都是闭目而眠，醒着的也大体上还在忙着工作，联络着节后的安排，电话里偶尔填上的几句拜年话，听着倒显得生疏客套了。

车子行驶才不过五分钟光景，乘务员端着份堆满鱼香肉丝的盒饭来寻它的主人，旅客男接过冒着热气的饭，大口大口的吃起来，偶尔添上一两声控制不住的吧唧，那股子酸甜的肉香飘散出来，就着后排座位飞起的泡面香一同弥漫在空气里，年轻女子有那么一丝后悔，自己就这么饿着肚子上了车厢，可再想想它们能转化出的卡路里，定定心神拉过那顶哈伦帽，罩在脸上径自的睡起觉来。

一餐标准的盒饭下肚，旅客男满意的打了一个嗝儿，看看身边安静睡沉的女子，开始有些怀念那种早年间在绿皮车厢里你有故事我有酒的热络，那些喊着“花生毛嗑沟帮子烧鸡，脚收一下嘞”的声音，似乎在而今也都是求而不得了。

距离终点还有一个钟头的时候，年轻女子被急促的电话铃声唤醒，是老爸打来问着几时抵达，女子有些迷糊着嗯了一声后，倒是立即恢复了直播者应有的声线，带着一点点拖尾音的撒娇，说着很快很快了，老爸嘱咐着女儿不要去坐火车站外的那些个拉活的黑车，太不安全。旅客男听去觉着有些好笑，在他看来，这素不相识的女子，定是已坐过许许多多的“黑车”的。

晚上八点，火车驶入站台，旅客男握着联程车票赶着去追通往哈市的另一段高铁，匆匆看过一眼这同路的女子就被淹没在了人潮里，女子裹了裹她单薄的呢子大衣，呼着哈气不急不缓的出了车厢，越过站台的地界上，一排早已顾不得行规的出租车司机，你一言我一语的问着打车不打车，喊着同路的旅客拼上一段，然后七十八十的开始坐地起价，女子赶在出发前就约好了接站，径直的走去了专车通道，司机大哥是个实打实的本地人，接过女子的行李在后备厢里一一的放好，也不忘提醒着系好安全带，行驶中，司机开始跟女子聊这刚刚落脚的车站，聊他们车队里春节的安排，也聊着他上午接到的另一个客人。

“就这个站，我上午接了个和你年纪差不多的小伙儿，我说你怎么不提前几天回来，这明儿就除夕了？你猜那小伙儿怎么说的？”司机把话锋扔给了年轻女子。

“肯定是没抢到票喽，这春节的票多难买呢，我都是用了 VIP 加速才买到的。”

“不是！”司机的语气里透漏出一丝玩世不恭的调侃。

“那小伙儿说，我才不早回来，早回来还得帮着家里买年货做准备，还得要干活，那多累啊，我就今天到，明天就刚好过年！咋样？”

……

“师傅，我真的是因为没抢到票才今天回来的。”女子猜不透司机到底话里可还有没有别的什么意思，补上了句给自己的辩白。

晚上九点半，女子用钥匙转开家里的门，老爸堵在门口故意的不让进，俩人闹了好一通之后，还是当妈的给孩子拽进了屋里，埋怨着老伴儿挺大的人也没个正形，埋怨着这大冷的天，闺女就穿的这么单薄，客厅里充盈着暖色的调子，在那明黄色灯光底下的，是盖上了罩子的一桌晚餐，那是半小时前母亲炖好的酸菜排骨，大块的部分都被当妈的挑出来盛在了闺女前面的碗里，女子一边吃着一边又把肉偷偷地退回进爹妈的碗中，然后聊着一年的工作，聊着家里还缺些什么，自己明天白天还能再去做些个填补……

一个小时后，旅客男在哈市酒店的前台也做好了Check in，节前的这个时辰，酒店里已是鲜有人迹，旅客男用比平时公出时低上许多的价钱住进了高级商务间，大堂经理礼貌的回以微笑，递过房卡的瞬间说上了一声新年快乐，男子有一秒愣神，接过卡片没言语，转身就进了电梯，刷开房门后更是一头扎在床上，他觉得自己一动都不想要再动，手机的铃音此时又响了起来，不用看就知道还是妻子，他皱着眉，任凭电话一遍遍的响着，起身走到窗前，怔怔地看着窗外没有一丝雪的街道。

这几乎算作祖国最北的城市，在这寒冬腊月里，竟见不得一丁点儿洁白……

本篇完

2019年2月9日晚

“小红帽”是火车站候车室内一批身着红色马甲的有偿服务人员，他们负责将乘客不方便自己携带的行李送至乘车车厢，价格因城市不同而各异。

《春节的行军团》是一段如下时节里的平淡记载，没有惊心动魄的情绪，没有看似欢天喜地的热闹，我们在各自的人生道路上行进着，偶有的失意和耍小聪明，不挑时间和地点。

年这个东西，好像每过一次都在少点儿什么，春晚自顾自地演，年货自顾自地挑，礼盒自顾自地卖，那些抓不住溜走岁月的新妈妈们，卯着劲儿的给娃娃打扮成年画中的样子，希冀着她们能像自己孩提时一样的，爱着过年。

一口玫瑰饼

修筠：展信佳

一别已是月余，我想着你这么久没有收到我的消息，怕是要急坏了，半月前我已抵达宁蒗的西川，计划着把这作为今年的收官，原本是要打个电话给你报平安的，可这边的条件实在不够好，用电也是极尽俭省，年初你送的iPhone我着实不好意思拿去耗电，也就弃在了背包里，现下它倒是没有真的苹果来得实际了。

今晨跟着学校的车子转到了丽江，原本给你写好的信也被我不小心遗失在了路上，不过这样也好，可以把今天的故事重新写了说与你听。

我正吃着鲜花做的饼，就是年初的时候我们在电视上看到的那一种，牌子上列了十几种的味道，那饼有掌心大小，我没那么庞大的胃，只好就选了桂花、玫瑰和茉莉的来尝，原本我想着它们不过是味似而已，结果却是真的有花夹在里面的。

桂花的是混在栗子馅里，是最好吃的一颗，你知道的，我一直不喜桂花，觉得它的气味太过甜腻了，南京的十月里，是不太敢让人出门的，可这次在这边吃起来，倒是当真叫我服了那句“何须浅碧深红色，自是花中第一流”的。

玫瑰的味道跟元宵里的吃起来差不太多的，只是咬上去莫名的有些根茎的质感，你还记得我们小时候在花坛里偷吃过的串红吗？就是那个一颗杆子上长满了红色小花的那种，我们把它摘下来然后偷偷的吸后面的根部甜汁，记得有一次你没留意，还被蜜蜂给蛰哭了来着，我现在想起来，还是要强忍着笑的。

不过茉莉的味道就实在有些难以记述了，总觉得哪里怪怪的，硬要说起来，倒是好像在吃混了空气清新剂的牙膏。

本来是要买桂花和玫瑰的两种寄过去给你尝尝的，结果店员说我吃的这一种都是手工现做，保质期也只有24个钟头，不建议做快递的，看来你是没有这般的好口福了。

说实在的，你也该来这里走走看看的，我过了那么多的山区，也见了那么多的淳朴与贫瘠，这边的景致当真是好的极致的。一切都是好的，唯独这儿的人讲话我还不大听得懂，不过好在他们能明白我在讲什么，也还不耽误教的那些娃娃。

修筠，老实讲，我也不知道自己这样的坚持是不是真的有意义，在每个地方半年的驻足，然后看那些孩子们高兴的盼我来，又哭泣着送我走，然后便是很难再有相见。可我走后留下的那些印记呢，于他们而言这些到底是负担还是进益？近来我已只教绘画和古诗词了，我想着起码这些东西是可以融在人的骨血里，乐在闲暇中的吧。

对了，爸妈都在开始忙着我俩的婚礼了吧，想想我还真是个不及格的新娘，什么忙都没帮上，而且搞不好到时候还会是个墨色的新娘，哈哈，那便要用中式的礼服了，要是黑成这般样子再去穿婚纱，朋友们都该以为你换了个非洲的媳妇吧。

学校的车子快要发车了，不能多写与你了，估计你收到它又要半个月的光景，信封上的地址就是我的落脚地，这边虽说不够发达，但邮政的服务是很好的，信件的丢失率极低，所以你大可以按这个地址回信过来，要是能再寄过来些书籍和吃食就更好了，期待你的消息，也期待半年后的婚礼。

老规矩，末了便用这李之仪的《卜算子》做结吧：

君住长江头，我住长江尾，日日思君不见君，共饮长江水……

2017年9月

凌霜于西川

宋修筠第十三次读着苏凌霜的信，凌霜算的日子没错，收到来信确已是半月后的10月，当时结掉最后一堂晚课，修筠几乎是飞奔着回了教职宿舍去写好回信，次日的一早又跑去邮局寄送了凌霜平日里喜欢的几箱子零食，虽说他也知道，按着惯例这些个吃的到了凌霜手里也都是被她分给了她教的那些孩子们，可他总还是盼着，能有哪个懂事的娃打开了袋子，用那双稚嫩的或许也脏兮兮的小手取出来一片，喂给他最珍视的人。

此时宋修筠坐在飞往云南的航班上，云层里，日光透过窗子打在凌霜隽秀的字迹上，看的人暖洋洋的，那字迹里的温度，就好似他明白自己心意的那个午后，都是那么明晃晃的。

人们都道好事多磨，修筠和凌霜的好事却是水到渠成的，两人的父亲是打小儿玩到大的铁哥们儿，孩子们还没出生的时候就有过让他们义结金兰或是喜结连理的打算，就连这起的名字都是他们从一首诗里摘了出来的，孩子们小时候天天混在一处不觉得怎样，真的大些了两家的老人却又不好开口了，毕竟感情的事情嘛，还是都随了他们去。

苏凌霜的性子倒是应了她“凌霜”的名字，外表看去恬静柔软，骨子里有份傲霜的硬气，高三课后休息的间隙，凌霜倚着窗沿看下面投篮的少年出神，阳光顺着窗棱打在她三分之一边的脸上，发丝一根根的映出倒影，衬在白皙的肤色上，毫毛也好似跟着会呼吸了一般。修筠站在她身后看着，突然就觉得心跳快起来，他见凌霜听见声音回过头来，笑着指给他说，“修筠，你看楼下的球，多好！”“我打的比他好！”宋修筠凌乱着丢下一句不明所以的话便转身跑下了楼，径直从少年手里截下球就是一个上篮，球进了，他冲着凌霜的窗户抬头仰笑，那一身雪白的衬衫，干净爽利的和这夏日里的艳阳如此不搭，倚着窗户的凌霜觉得，自己胸口里的哪个地方好像多了些什么出来。

结果，被截了球的少年不明就里，还以为来了挑事儿的，两人不由分说地就扭打成了一团，凌霜眼见着不妙冲下去拉架，可没拉开不说，还帮着修筠一起把少年给打哭了，这下可好，严师一声令下就是走廊里罚站三个钟头，末了俩人还不忘继续埋怨那打球的少年，害得他们的膝盖都不会打弯了。

修筠这般想着，不自觉的嘴角就扯出了一抹笑。

飞机落地，修筠忙着雇了车子就按着信封上的地址找了去，司机调侃着，说他这般急迫的定是讨媳妇，修筠笑得露了八颗牙齿来，“还真就是来接媳妇回家的！”“哈哈，让我说着了吧，西川这地方不那么好走，穷，小娃娃们吃不饱，都是天天靠土豆耗着的，能在这讨媳妇不易啊，听说去年底还发了一次大流感，卫生站的药物不够，死了不少人呐……”司机有一句没一句的聊着，修筠有一句没一句地听着。

傍晚的时候，终于是寻着了凌霜留给他的地址，袅袅升起的烟火透过棕木色的大门，门内一个老汉费力的蹲在地上，时不时的往灶坑里填着柴火，老汉扎着的白色头巾因为腾起的炉灰早已被染成了灰褐色，他听到响动佝偻着回过身打量着来人，用蹩脚的汉话问着“你找谁啊？”

“找这里的人，我姓宋，宋修筠。”

“宋修筠？我想想，宋修筠，啊！你是阿霜的……“老汉颤抖的丢了炉钩子，拐着几步便冲到了门口，一把拉住呆立的青年，两行泪不自觉的就顺着眼窝流了下来，“阿霜啊……这要命的病……”

哭过了那么一刻，老汉把烧着的柴火一股脑的都熄了，带着青年进了东侧的屋子，里面还是凌霜之前住时的样子，桌子上码的整整齐齐不曾开过封的四封来信，落款都是宋修筠的名字，上面压着他买给凌霜的那块“玫瑰金色砖头”，角落里还堆着几箱子不曾打开过的包裹。

“这病好害人，起先是娃们染上了，实在过的快，把课也都停了，阿霜自己也发了症，可这边的药不够啊，阿霜自己要吃四粒，娃娃们小，只吃两粒，她就偷偷的省了来，结果没到半天就烧得厉害，村里帮着给送到医院，说是肺气肿，她想要去开那个东西的，可是打不开啊，充上了电又说忆不起密码了，阿霜啊……只留了两行泪来，只有两行泪。”老汉自顾自的跟在修筠后指着那块金砖念叨起来。

“也别怪阿公，人没了，我们也是没别的法子，总不能放着臭掉，就跟着一起烧了归了这片土地了。后来，你的信才到了，我们去找了公安照着地址又把消息给你打了去，可你怎么过了这么些时候才来啊？”

老汉盘桓着，突然想起来了什么一般：“啊，是今天了，是整整一个年了，你是来看阿霜的一周年了，可索性你来了也是这般了，没啥子东西了。”

“这个时辰，你便歇了这里吧，都是阿霜的东西，没的怕的，娃娃们还等着烧饭吃，我便先去了。”

修筠答应着便挪上了床，这床铺好窄，伸直了腿怕是就要悬空的，动一动便咯吱咯吱的响个没完，他把手探进里怀的兜里，那里是一张攥皱了又摊平的纸，还依稀可见那不好的消息……

宋修筠围上凌霜那床积满了灰土的毯子，好像还能从中闻到一丝她的味道，是带了桂花的甜气，可仔细的吸来又好似什么都没有，修筠想起在来的路上折了支盛放的玫瑰，他把花瓣一片片的撕落咬在嘴里，连同把那皱了的纸也一起咬着。

凌霜，你看，我也是吃到了的，玫瑰的滋味，根茎般的口感，是谁说我没有口福来着……

《种兰》 宋·苏辙

兰生幽谷无人识，客种东轩遗我香。

知有清芬能解秽，更怜细叶巧凌霜。

根便密石秋芳早，丛倚修筠午荫凉。

欲遣蘼芜共堂下，眼前长见楚词章。

本篇完

2019年2月17日凌晨

《一口玫瑰饼》说的是段“魂留异乡路”的故事，坦白说，我不会写悲情，每次不及下笔就先已把情节过在了自己脑子里，然后堵心的哭上一哭，待到提笔，那些文字早已绕梁离我而去。

今晨见了珠峰封山的消息和留在路上的300具尸体，不自觉的想起了那个被埋在墨脱的女子，人终究没什么伟大可言，却有太多无常，当你的牵念远在他乡，可曾有过一丝凝望，想归期何至，归期何止……

里子和面子

正月十七的日子，北京城再度拥满了人，几天前一马平川的行车道现下又是寸步难行，那些个老北京土生土长的出租车司机嘴里也嘟囔着，一张皮囊之下，一面是皇城根底的荣耀，一面是斗不过去的生活。

此时已是凌晨两点，东六环盛世花园的一个窗格子里，白炽灯仍旧大亮着，通明的灯光在黑漆漆夜色的衬托下显得格外扎眼，你把视线推过去细看时，却只见一段半掩半露的欧美风檀棕色窗帘，那帘子初看显得有几分贵气的样子，可再深望，却又是积了不少的尘土和沾染上早已泛了黄的雨渍的，帘子后面，三个奔着不惑之年去的男子围坐一团，两条腿岔开着，“战着”斗地主。

这一把牌脱手，阿栋前面零散的人民币加起来差不多就有个两百块的样子了，他左手边坐着的岳老师现下脚已是麻到没有了知觉，正直挺挺的僵在那里眯着眼翻看钱夹，时不时的再停下去望望天花板，心里盘算着今天又是白忙活一场，落了个没赔没赚。你再看阿栋右手边的老郑，此时正愁眉苦脸的打着哈欠，揪着他寸把长的头发，一脑门的油光，也说不上到底是他牌运太差还是这脑子本就不够灵光，一晚上下来，已是搭了两张毛爷爷进去。

都说三个臭皮匠顶个诸葛亮，阿栋、岳老师和老郑这仨“皮匠”能不能抵过孔明很难详述，但也当真是捆绑一处“二进京”的老相识了，三年前他们就在老家的同一公司里一起熬着夜的奋战，想不到三年光阴飞逝，倒是又到了这皇城根底下聚头。

老郑这称呼听上去颇有些耳熟，是了，便是插画师殷少口中“乡……乡下雨后滚了一身泥伸……伸伸舌头讨喜的土狗”的老乡了（详见屏幕后的香烟起）。说到底这四个家伙都是一个战壕里爬过的兄弟，可到底殷少年轻气盛，比不得这三个老家伙有家有娃的，便也不常混在一处。

三人中要属阿栋更为年长上一些，他喜好把一串珠子在脖子上手上来回带着，珠子上那原本白色的部分早已被他揉搓的现了暗黄，阳光底下竟还能反着光出来，他很满意于自己的这份作品，又在潘家园的胡同里挑了块看上去一等一的蜜蜡，回来请师傅系在了珠子的顶端，算是个万事大吉。要说这玩珠子的阿栋脑子也当真是灵光的很，找工作、讨媳妇，都是杀伐果决的，那些曾见过栋嫂的，免不了的要感慨上一番，而后在质问他小子当初是用了什么阴谋诡计把好好的一个美人给拐了去，阿栋听着也不气，反倒是牛气的推推眼镜，再斜上你一眼，呵呵一笑，就不言语。

阿栋家的小王子眼看着要到了上小学的年纪了，此番阿栋返京也是为着给自己这小祖宗再多挣些个升学钱，虽说媳妇的工作在老家来讲也不赖，可在阿栋这直到骨子里的东北爷们看来，养家糊口说到底是男人的事儿，怎么的也得是自己出的力更多才行，这才巴巴的跑回了北京来。他心下算着，自己这十几年设计的功底到底是够的，而两地里的钞票是要差上了个十万八千里的，若是自己在北京干上个三年，平日里再省些用度开支，那估摸着儿子读到个初中的学费也就基本是没大问题了，阿栋心里盘算的清楚，跟妻子约定了三年之期，踏踏实实的卖起命来，平日里不忙的时候除了跟老郑和岳老师打打台球、玩玩牌，倒是断了一切的消遣节目。

再说岳老师，虽说年纪最小，到底眼界要更开阔，凡事推进的速度也快得很，早些时候他从北京归了老家为的是媳妇生孩子好多个人手照应，现如今家里的小棉袄三岁多了，眼瞅着要上幼儿园的节奏，岳老师想了想孩子的教育，又举家挪到了北京，不过这次倒是奔着个长远来的。

岳老师虽叫做岳老师，可到底也并不是个教书先生，做着给各位甲方爸爸定方向写字的活儿，不相熟的人第一眼见岳老师，怕是要以为他是个混迹方庄的艺术家的，一头不烫自卷的毛发、一撮小碎胡子再配上一双永远睁不开的眯眯眼，浑身散发着又“颓”又“丧”的画家做派，也就得了岳老师这一雅号。中国有句古话叫做人不可貌相的，三个哥们中，也当真只有岳老师是上得厅堂下得厨房的，实打实烧得一手的好菜，又是个爱干净勤收拾的人，这也难怪了阿栋和老郑总想着周末往他这跑，大部分时候岳老师自己深为不忿，到底眼睛小和自来卷都是天生的，自己有什么法子。

岳老师的父母也快六十的年纪了，却不似那些个成天喊着儿女回乡留在身边的老人，反倒是有股子要跟儿子一较高下比比谁更能折腾的劲头，径自的在这六环盛世花园的园区里盘了个杂货铺下来，卖些个零食瓜果，连带日常的开销和住所都一并的解决了，月底倒还能有些个盈余出来，岳夫人起先还带着闺女守在老家，可也到底念着孩子的升学和一家子的团圆，而今也是直接奔了岳老师来，安顿好了闺女的幼儿园，跟着爱人开始了从东六环向南二环“挣命”的日子。

老郑由此也就挣了个中游，中游的年纪、中游的家庭情况、中游的收入。其实早先在老家的时候，到底还是老郑跑在了三个人前面的，可也是真的累死个人，那所谓4A的公司，带着浓厚的的地域化色彩，跟个囫囵的大集合一般，名头上的“总监”，私底下却要兼着文案、沟通、场记和结算的活，工资看起来似乎是比其他位置多上了许多，可跟这工作量一比，又难免会让人愤愤不平，老郑一个月里能在家睡个完整觉的日子掰着手指数都超不过一只巴掌，儿子又才不到两岁的年纪，也难怪郑嫂要时不时的牢骚上几句，如此这般的几年下来，老郑这身体越来越差，工作和家庭也是越发的麻烦多多，眼看着这些个老哥们都一一离了去，心里更是凉了半截，最后所幸一拍脑门，辞了工作跟着岳老师奔了北京来。

可说到底老郑还是幸运的，北京曾经的老东家赶上团队重建，顺理成章的给他扔了橄榄枝，倒是得以让他大展拳脚，不到一年的工夫，新安置了三个性情能力互补的女将在麾下，虽说偶尔这仨丫头叽叽喳喳起来也是吵的人心烦，可到底天天看着如花似玉的一张张脸庞，乐趣还是更大了些的。

老郑家里的小霸王现如今也是上了幼儿园了，郑嫂念及父母也就一人留在老家扛起了看娃和孝敬老人的担子，远在北京的老郑跟那些个长期不在孩子身边的爹别无二致，总是觉得对孩子有万千的亏欠，便也常常混了对错，一切由着儿子的性子来，小家伙也算是不负众望，到处的惹祸，幼儿园里的饭不香了眼见着就掀了桌子，一个不高兴了伸手就打了小朋友，最后也还都得是老郑灰溜溜的打着跨省的电话，花上一个钟头去逐一的安抚道歉。

这仨人聚在一处各自心中盘算不同，倒也不似早年间在老家时的样子，毕竟“卖身”给了不同的东家，很难再一同去喷喷那些他们看不顺眼的人和事儿，所以大部分的光景里，这哥仨都是只为消遣不聊生活的，毕竟自己的苦楚和艰辛也都不愿让别人看了去，打打牌图个乐呵不说，还能给彼此做个见证，证明自己在媳妇不在身边的日子里，当真的“守身如玉”了。

不过偶尔，也会有些个“不痛快”，譬如今日。

“那二百就都收了，不退一半回来啊？”老郑一面收着扑克一面继续揪着头发问向阿栋,时不时的拿眼睛瞥一瞥那桌子上的散钱。

“退什么退，我这费了一晚上脑细胞挣的！”

“那我帮你数数。”说着老郑就把手伸向了那把零散的纸币，倏地拽了个六十余块美滋滋的放回裤腰里。

阿栋一个不留神没守住，赶忙揣起了剩下的银子，刚刚点上的一根烟还没顾上吸一口，便指着老郑说道：“哎，你这孙子，你还要不要点儿脸了，怎么顾里子不顾面子的……”

“什么里子面子的，顾它们干嘛，我就顾票子！”老郑贼贼的一笑，转身就进了卫生间。

岳老师依旧盘坐在那里，许是已经困到懒于参战，他就那般眯着他的小眼睛呵呵的笑着，起伏弓起的背此时看去倒像个挖到了金矿的鼹鼠一般，岳老师心下盘算着，以后再玩是不是得改改规矩，扫码付款了……

本篇完

2019 年 2 月 24 日

《里子和面子》说的是段“二进京 路漫漫”的故事，大多数的日子里，打拼的人并没有那些个人们臆想出的“不混出个人样不归家”的斗志昂扬，说到底，都是生活罢了。

人自打进化了两条腿走路，就都是走一步迈一步的，可人又总自以为聪明的学会了“思考”，所以也爱走着走着，就自顾自的焦虑了起来，然后有一天走的累了，不想走了，也就开始蹲坐在地上筑巢，待到巢穴快要垒好，又眼热那些超过去的人，然后转转手从砖头里挑出一块，涂上焦虑的颜色，向他们掷去……

剪不断的理还乱

从十二月开始，杭州的天，就好似梅雨走错了时节一般，没完没了的下起个不停，你只要在外面待上一刻，浑身哪里就都是湿漉漉的，湿漉漉的鞋子、衣袖、肩膀还有头发，雨水很快的打湿刘海，开始顺着太阳穴往下滑，然后又偏偏拐了个弯，恼人的钻到眼睛里，让人有种难以言说的憋闷。

我觉得自己像极了大学时老师养在家里的古牧，就是那种小马一样大小，眼睛完全被眉毛盖住了的牧羊犬，于是索性钻进了离我最近的银华城里，躲雨的同时，顺带着把我这一头的乱发给剪上一剪。银华城三层靠近影院的位置是一家接一家的理发店，我很从众的挑了家看上去客人颇多的门店，推着门的时候，迎面走出一个身材娇小的女理发师在送她的客人，她齐肩的头发被用一个银色发夹简单的别在脑后，说起话来声音也好似银铃一般，我瞥了一眼她挂在胸前的名牌，这也才认识了小萌。

现在也不知是怎么搞的，好像理发店里很少能看见会剪头发的女师傅了，而那绝大部分的男师傅中，还有百分之八十的名字都要唤做托尼和强尼的，我总觉得这名字又是托儿又是抢的，听起来就不怎么安生。

于是也就顺了这次的巧，我跟前台的小姑娘说，想请刚刚出来的小萌帮我剪发，小姑娘拿起耳麦喊了几声小萌老师，问她现在是否有时间再接待一位短发的客人，没多时，小萌又出来把我迎了进去。

她倒不像刚刚出来送客人时的样子，大概问了我想怎么剪之后，便飞舞着剪子咔嚓起来，就连大部分的话似乎也都不是说与我听的，“阿辉，帮我的客人拿杯喝的东西，就要蜂蜜柚子茶吧！”“阿辉，单子和吹风筒帮我放在3号台吧。”“阿辉，看下洗头发的地方有空位了吗？”虽说我一向很反感那些办卡的推销话术，但话少到这般也是让我莫名的恐慌了起来，想着不会是要憋个大招吧，直到快剪好的时候，小萌又好似自顾自的说起来：

“我好久没有做现场剪发了，最近都是在给学员上课多一些，不太会和客人说话了，你别介意，你看下这样的长短可以吗？”

我戴上眼镜后，示意她耳朵旁边的地方还要再帮我处理一下，她答应着便又开始挥动起剪刀，这次倒是开口问了问题了。

“我才回现场也没几天，你是怎么想到要找我剪头发的，是朋友介绍吗？”

“不是，我刚刚进来的时候，正好看见你送人出去，就找了你了……”

“哦哦，那是我之前的一个老顾客了，那还真的是缘分了。”说至此，她那银铃般的声音倒是又响起来了。

末了，小萌加了我的微信，说着下次如果有需要可以提前和她约时间，也照例把我送至店门口，结过单后就又去忙起她的下一位客人了。

本来不过也都是些固化的剪发流程，只是两个小时候以后，我莫名收到小萌的一条信息，写的是——“安全到家了吧？”

“服务”两个字做到这个功夫，倒是不由得让我刮目相看起来，为着这份细心和我看着颇为顺眼的头发，顺理成章的，我也就成了小萌的“老顾客”，慢慢的，她跟我的话也就多了起来。因为年龄上我要长出几岁，就由着她直接叫了姐。

“姐，听口音你不是杭州人吧。”

“我不是，我只是出差工作来短住几个月。”

“哦哦，我也不是杭州的，不过我离得也还蛮近的，我老家是江苏江阴的。”

“江阴我知道，我大学室友就有那里的，你们那里芋圆和汤包很好吃的，就是在早茶时吃的那个！”

“对的对的，我们早茶店很多的，人也都很多的，杭州这边的汤包其实也都还不错。哇，姐，没想到你还知道江阴啊。”

“但是你口音听着也不像江阴的。我朋友之前给家里打电话听着都像是在讲韩语一样，总说什么她阿婆跟小姊妹去打道道吴，好像是一起打麻将的意思。是这么说的吧？”

“哈哈，差不多差不多的，之前跟你说过的吧，我不是一直都是在给学员上课嘛，当时是特别有去学了讲普通话的。”

“那你是真的超用心的！”

“我还好吧，不过工作上我确实愿意多想一些的，姐，我问你个问题哦” 小萌好像突然有了什么不安生的点子，停了手里的动作，转到我侧面来。

“你知道在发廊里最有意思的工作是做什么吗？”

“不知道，是什么啊？”

“哈哈，是刚来的时候给客人洗头发，我跟你说哦，我之前特别留心数过的，十个客人里洗头发，有七个会是闭着眼睛洗的，一个呢是全程睁大眼睛看着你的，瞪的你毛骨悚然的，那你就要装作很认真的只看他的头发而不要去跟他对视，还有一个呢是眯着眼睛，睁一会儿闭一会儿的，最后剩下那个基本就是举着手机在看屏幕的，不过这个我不提倡哦，挺累的，关键还容易拍了自己或者不小心给扔水里。”

“还有还有哦，一般洗头发的时候不是都会有人问你水温怎么样吗？基本上很少很少会有人说水太热或者太冷的，偶尔有一个，其实温度我们也没怎么调，空了几下他也会觉得水温可以了，你说是不是挺神奇的？”

“哈哈，你也太逗了，我还真没这么想过这些问题。”

“咳，我也就是愿意瞎琢磨，其实我也知道，一般人都觉得说好像学理发的都是读不好书然后出来学个手艺，我还真不是的，我书读的还可以的，但是我上学的时候啊，就喜欢摆弄自己的头发，然后化妆啊调颜色啊什么的，女孩子嘛，都爱美，那做头发就很直接可以漂亮的嘛，所以我就趁着放假跑来杭州学这个，起初我家里都不答应的，我当时读的是会计专业，爸妈就想着说毕业了我能找个单位给算算账啊开开工资什么的，结果我跑来给人剪发，他们就觉得心里还挺别扭的，后来看我真不是闹着玩的，也就随我了，你像我们进店也是都从洗头发洗毛巾这些开始的，但是我学得够快，手脚也勤，别人都还在上颜色啊卷头发的时候，我师父就放手让我给客人理发了，姐，你说我这样是不是也挺好的。”小萌说着把问题丢向了我，眼神里还带着那么点儿渴望获得认可的光。

“我觉得挺好的呀，工作嘛，自己喜欢最重要，毕竟你一天那么多的时间都是在工作，开心肯定是放第一位的。”我说着有那么一丝冠冕堂皇的回复，等着她的下文。

“可是不是所有人都这么想的，我之前交了一个男朋友，也是在店里认识的，是我当时的一个客人，我们好了挺久的了，后来我就想啊，那他是怎么打算的呢，我也老大不小了，也想着能尽快在这边安定下来，结果他就说我剪头发总抛头露面的在外面不太好，那我就想说不行我就可以不做现场了嘛，我就跟师父说了想去做教学。”小萌说到这竟有一丝哽噎。

“后来他也还是没什么下文，我一提结婚他就躲，姐，我真的当时就挺想不通的，这算什么意思呢，不想让我做现场我也不做了嘛，我就问他到底是怎么想的？结果你猜他怎么说？”小萌也没等我接话就又讲了下去。“结果他说，你一个洗头妹出来的，谁知道你之前干过什么……什么叫我一个洗头妹出来的，哦，你不知道我干过什么你还跟我一起这么长时间，我气的拿起剪子就给他头发剪了个鸡窝，大吵了一顿，真的是我瞎了眼了。”小萌边说边用剪刀比划了那么两下，倒是给我吓了一跳，生怕她一激动把我当了她那挨千刀的前男友……

“可是姐，我是还真的挺喜欢他的，我当时跟他吵完了分开以后，我还想着说，他要是后悔了知道自己错了来求我，我也能原谅他。结果他是真的就压根没看上过我，也从来没想过要跟我结婚，就是耍着我玩呢，所以好长一段时间我都不怎么愿意跟人说话，然后我师父看我这样下去也不行，就又逼着我回来做现场，一来挣得也多些，二来也是让我多接触人。”

“哎呀，你看姐，我今天真是说多了，我想着你不是这边工作快结束了嘛，以后可能再见面给你弄头发就不容易了，结果还说激动了，今天这头发我剪的不好，你再等等，我再给你修一下，你先吃点水果。”说着小萌径直跑去了别处，不多时又带几个夹子回来。

“不过姐，现在我是已经想通了，其实这人过日子啊，就跟剪头发一个样，剪不断的呢，理还乱，所以干脆呀也别想那么多，要么顺着它换个发型，改个风格，要么再调个颜色调种状态，然后继续往下过，我们这些个自己拼在外地的女孩子，不努力不靠自己怎么办，不是总有那些心灵鸡汤什么的讲，说出来生活还不拼命你来干嘛，来做卧底吗？”小萌那银铃般的笑声再度又响了起来。

“姐，这下可以了，你看这边我给你稍微顺了一下，打薄了点儿，等它长长一点儿了也好自己打理。”

小萌倾述的结束也刚好是我理发的终点，我很希望自己能像她一样热烈的回应些什么作为鼓励，可终归也没太能说出口，小萌和第一次我见到她时一样的，笑着送我出门又转身去迎了下一位客人。

那天回了住所后，我不由得心下对这娇小的女子敬佩起来，我不晓得她最终会嫁一个什么样的人，过上一段什么样的人生，可那段从剪发里悟出来的前路，倒是给这南唐后主的词填出了另外的一番滋味。

本篇完

2019 年 3 月 2 日凌晨

《剪不断的理还乱》说的是段剪发小女子的奋斗故事，没有场景没有铺垫，通通都是对话，可你想在那剪发的过程里，你和这素昧平生的人彼此建立信任，靠的何尝又不是只言片语？

这小女子好气魄，一面被生活欺负的丢了颜色，一面又用双手剪出坚韧，然后重新染上了自己的颜色。

摇啊摇　惜啊惜

陈雨脑子里再响起“摇啊摇 惜啊惜”的吟唱时，是伴着纸上钢笔渍的流淌，每当钢笔尖划过那些略微有着毛糙边的纸张，留下刷刷的摩擦声时，就跟巴甫洛夫的条件反射实验一般，不自觉的脑中浮现出这句吟唱，不过可惜的是，而今也仅剩下了这一句吟唱。

那是在台南国立文学馆里的一幕，2016年的时候，陈雨一行四个丫头背着行囊环岛走台湾，计划里原是给台南留出了一天半多的行程，可不曾想当地地图的比例尺失真，五百米的路，似乎仅走过二百米也就到了，不过一个多钟头的功夫，她们便把一上午要去的地方都丈量遍了，遇到国立台湾文学馆是个偶然，在通往夫子庙一个交通岗的转角时，它还算巍峨的立在那边，竖排的木质匾上落了“国立台湾文学馆”几个大字，看看时间还早，丫头们也就心照不宣的入内一观。

大陆这边，似乎并没有文学馆这样的称呼所在，反倒是图书馆要更多一些，这里更像是一个文学的历史展厅，揉了新旧的各种形式去讲述着并不算遥远的故事。

陈雨一行四人走马观花的看过六十年代中国台湾家族文学，慨叹文字在这端之于家庭的延续和繁茂，而后转到一个满是全息投影的屋子里，一位看上去年过半百的讲解员起身迎向了她们。

“你们是从大陆飞来的？”

“嗯，来玩的！”应答的间隙里，陈雨见着阿姨的胸牌上写着“方圆”二字。

“那是很远的地方吗？”阿姨问着，也比划着地图的东西南北。

“挺远的吧，我们是东北来的！”

“哦，我知道的，哈尔滨对吧，冰天雪地的！”

“哈哈，对，不过我们不是哈尔滨，我们在稍稍南一点儿的辽宁，也在东北，也是冰天雪地的。”

“哦哦，真好，那你们可真厉害呢，这么远的地方，这么年轻！”

方阿姨说着最后的一句，是台湾人特有的慢条斯理，那种悠悠的轻叹，好像一伸手就能捕捉到艳羡里充盈着的热泪盈眶。

方阿姨带着这一群女娃一起逛起了展厅，因为汉字简化的缘故，台湾大部分的繁体字大陆客认起来颇有些困难，方阿姨便一个个的讲过桌子前的故事，在那被投影出来的诗歌前驻足停留，随着刷刷声起，钢笔尖的笔触划过，一排排的文字浮现，而后是一个老者如同向死而生般的咏叹，就这般的，摇啊摇，惜啊惜……被一点点刻进了陈雨的脑子里。

展馆的最末，是玻璃窗里的“豆浆店的一天”。初到台湾落脚的大陆人开着每天不过十桌生意的豆浆店，彼此倾诉着离家的无奈，谋生的艰难，然后起身结账离去。陈雨一行也犹如这豆浆店的客人一般，匆匆而来，彼此留下印记，再一点点抹去。

只是陈雨却不曾想，四年后会再遇方阿姨，在大陆，在杭州的桥西直街。

那一年陈雨一人在杭州滞留了快三个月，赶上难得的一个晴天，她跟心底里懒惰的自己战斗了近两个钟头后，终于迈出了去老街走走的步子，看过两边临立的中医堂，开始漫无目的的闲晃着等日落。

“您好，我想问一下您知道这个地方怎么走吗？”递过来的一张字条拦下了陈雨的脚步，那声音听着有些焦虑，可依旧是那么慢条斯理的。

陈雨转过身，“您是台南国立文学馆的……？”大部分时候，陈雨脸盲的很，可也竟会这般灵光乍现的一个开悟，只是而今却也不记得了阿姨的姓氏了。

这下倒是轮到阿姨发愣了，“你是？”

“是这样，阿姨，我几年前跟朋友去台南玩，刚巧路过台南的文学馆，是您带我们看的展览。”

“哦哦，对不起哦，阿姨想不起了，上年纪了，这几年大陆客也都多。你这可真是好记性啊！”

“没关系的，我帮您看看您要怎么走！”虽说陈雨于杭州而言也是个路痴，可好歹还有个百度地图能拿来做个导航。

方阿姨要找的地方离她们的所在地近得很，想来也是她转晕了方向，才会迷失了来路，那是一个两层的茶舍，茶室外爬满了翠油油的绿植，绿色映衬着木质的焦黄，更显得生机勃勃。方阿姨一踏进去就忙乱着说：“二表哥，哎呀呀，我都走迷路了，多亏了你给写了字条的，还有这位小老友，才找回来！”

陈雨原想着要告辞，可方阿姨如何都不肯，硬是留她下来喝上几杯茶水，那是她从台湾带来的高山茶，她斟的仔细，茶香清幽的飘了满室，只是陈雨喝到嘴里却不会品的，不免觉得白白的糟蹋了东西。

“阿姨，那您怎么来了杭州？老家是这边的吗？”放下杯子的间隙里，陈雨跟着语速也不自觉的缓下来，悠悠的问着。

“嗯，算是吧，我姆妈的老家是这边的，我也是在这里生下的，小时候应该也都是在这一带吵闹过，只是而今都不记得了，一点印象都没有，路都认不得了。”方阿姨见这小老友问，有些悠悠的晃着，用手指点点窗外。“很小的时候姆妈就带了我到台南，六十多年了，没有回来过……”

“那时候小啊，跟着姆妈到了台南也不懂的，也不晓得搬了家了，后来大一点点了，上了学，就被欺负，被叫外省仔，我就吵啊闹啊，说不要住了！”

“姆妈就跟我说，阿爸在天上开飞机，等他飞回来了，我们就能回去了，就回家里去了！我也就跟着一起等啊，可是等到了最后，阿爸跟着飞机留在天上了，连个灰都找不见了，姆妈也就不说了，我们便是都回不去了。”

“台南你去过的，你知道，那个地方感念郑成功的恩德很深的，祠堂、府邸、庙宇，都是他，可郑成功便是大陆来的，就是这般，他们依旧觉得我们是外省仔。”

“可是外省仔又能怎么办，都要吃饭，要上学，要长大，姆妈就带着我改了嫁了，我从很小开始说的就都是台南话，就是到现在自己都要七老八十了，也都是。”

“小的时候啊，连理发的师傅都坏得很，故意的用那推头发的推子在我耳朵上刮了一块肉，血就流下来了，我又怕又疼的，好一顿哭啊，姆妈就跑过去跟人家理论，他就是咬死了说自己不是故意的，还跟我比划着，骂我是黑了心的外省佬，那个情形我到现在都记得的，恨死了的，后来就连那个剪头发用的推子，我也都是一概不再用的，怕得很。”方阿姨说着又不自觉的摸了摸自己的左耳，好像那儿时流下的印记今天还疼着一般。

“那时候真的是天天哭闹着要回大陆的，可是大陆到底是什么样子，自己也都不记得，只是不想被那样的欺负着，等到真的长大了以后，倒是一点儿都没在念了，竟是一次没回来过，去了文学馆里工作就又是三十年，倒是见得你们这些大陆客一点点多起来了。”

“去年我姆妈身体开始不好了，人也糊涂起来，常常就连我也都不认得了，想想也是，连我都是这般年纪了，她开始说一些个我都不记得的名字啊事情啊，起初她还是自己能出去走走的，后来竟也都不行了，走丢了找回来就委委屈屈的说找不见了拱宸桥（杭州的京杭运河段），认不得路了。晚上给她洗脚的时候，问她‘知不知道我是谁啊，今天怎么乱跑了’，也不晓得她是生气了故意着，还是真的不清楚了，就胡乱的说些个旁人的名字，不再理人，然后突然有一天，她又好像很清醒了一样，跟我说，阿园啊，你带姆妈回家吧，姆妈想回杭州去。”

方阿姨说到此处顿住了，两行泪顺着那些细看去满是皱纹的眼角滑下来，眼角的皮肤里早已生出了不少的褐色斑纹，那些斑被泪水浸过，显得格外明亮起来，陈雨是有些听不得这样的故事的，所以没等方阿姨落下泪来，就先啪嗒啪嗒的几滴珠子落进了茶杯里。方阿姨一边用帕子擦干了自己的眼泪，一边又给她递过来纸巾。

“你瞧瞧，我怎么想，给你这小老友弄哭了的。不说了吧不说了吧！”

“没事，阿姨，您讲吧，我不哭了！”陈雨挤出一个笑，盼着她能把故事说下去。

“后来也就是这般了，托了朋友在这边找，竟还剩下表哥一家都在的，舅公也还活着，我就带着姆妈回来，上飞机的时候她还糊涂着，闹着说不要坐这个，坐了就见不到你阿爹了。你想我都这一把年纪了，哪里还受得了这般，费尽心思了好一顿安抚才哄好了她，可是落了地见了舅公，两个都要百岁的老家伙竟然是一眼就认出来了的，抱着就要哭，看得人也是揪心啊。”

“这一对老兄妹，现在每天念叨起来是没完的，那些死了的活着的，都要讲上几遍的，喏，今天白天还商量着要到桥那边去开个汤包店的，要不是儿女们拦着，就要过去打地基了的，可也都还是老糊涂了，常常的说了上面，就不晓得下面了。”

“阿园，要开饭喽，留客人一起来吃饭吧！”茶馆的主人从后堂里喊了来，天色果真暗下去了，陈雨实在不好再叨扰，找了个约人的借口告辞离开。

方阿姨送至门外，让这小老友有空闲了就常来坐坐，说着自己一时半刻的也不会走的，怕是要留在这边等等看她姆妈的情况了，老人家这一把的年岁，尝尽人间疾苦，好歹终归落在了故乡的土地上。

陈雨一个人背着背包走上拱宸桥，桥下是半小时一班的送货船只，两岸白墙灰瓦，隔着夕阳薄雾，看上去朦胧的很，她看那熙熙攘攘的人群，就这么走着，一代人的脚落了地，可另一代人的故乡，又该被算作何方……

本篇完

2019 年 3 月 10 日傍晚

《后记》

《摇啊摇 惜啊惜》是一代无根人的咏唱，他们的故乡看似在海峡的这边，却又寻不得踪迹，找不见记忆，若说是在海峡的另一侧，却又终归失了归属，丢了几分的认同。

那些言语中潜移默化的音，心下难以言明的怨，怕是早已改写了“故乡”两个字的含义吧。

我的脑容量确已不足，翻阅并检索了许多的材料，想来补全“摇啊摇，惜啊惜”的慨叹，勉强拼凑出它是出自中国台湾彰化作家洪醒夫《黑面庆仔》中的片段，故事里黑面庆仔在女儿阿丽被人强暴生下小孩后，已是不会流泪，只会文文的笑，四面楚歌的黑面庆仔动过自杀和杀婴的念头，可看到阿丽与婴儿沉睡中“纯粹与世无争的安然自若，纯粹洁白无瑕的了无遗憾”，感悟到一草一露皆生命的意义，终于给婴孩取了“国王”的名字，并轻轻的吟唱：“摇啊摇，惜啊惜，婴仔一暝大一尺……”

三月的寒流

北京的三月早已褪去了刺骨寒意，可你再追着地图往北去看，却又远不及它所呈现出的那般美好，最近的这几年里，寒流好像商量好了似的，每当人们开始收起棉服棉靴，高高兴兴的穿上单衣，再抓着相机去对准那些个岸边的柳芽、打着苞的桃枝，它就会马上给你来个下马威，吹上一场很难说清到底是不是来自西伯利亚的冷空气，然后轻而易举地把一切都打回到原点。

倒不是说要把罪责都归给冷空气，只是人们面对这突如其来的寒流时，做出的反应终归很难架在天平上再安个筹码度量的，冷空气里，那些生活安逸的可以继续安逸的窝在家里，套回厚实的衣物，而那些执拗着不服的也要染个伤寒闹上几日的不舒坦，可到底还是有些说不尽的，一场冷空气过后，便也再没有机会被说尽。

陈实就是这样的一个人，你甚至说不清楚这到底是不是他的名字，从他不甚清晰的吐字和讲述里，我们姑且先相信他就叫陈实好了。

陈实的登场是带着几分讨人厌的意味的，那还是在年初六的下午，奔忙了一年的人们大都还沉浸在会亲友、吃团圆宴的愉悦里。沈城地铁一二号线交汇的青年大街站，一如既往的热闹非凡，一群人蜂拥着下去，另一群人再蜂拥着上来，那些空置了大概不到 15 秒的座位上，很快的被一波崭新的人填满，也就是这个时候，陈实俯冲着上了地铁，可偏偏晚了那么一刻，眼见着一个好位置归了他人，他一拍大腿的，想也没想的凑了过去。

“你就这么坐下了合适吗？”陈实有些大着舌头的问向座位此时的主人，那人看上去大概40岁出头的年纪，似乎是要比陈实小了一点，当然也只是看上去而已。

“挺合适的啊。”40岁男子愣了一瞬，然后明白过来这是个找茬儿的主，也没好气的回上了一句。

“我，要饭的，从关里过来的，这座位不该给我吗？你们本地大老爷们儿，这么对外地人，好吗？”陈实没完，可到底话也没说个连贯，拆成了一句句的，又给发问了过去。

地铁此时已开起来了，车厢中无聊的人们窃窃的把余光都投了过去，陈实晃悠着拽住了座位边上的扶手，胸前挂着的一串珠子也跟着行进的车体晃了起来，那珠子中心是块橙黄色的石头，有个娃娃的拳头般大小，看成色也大体知道不会是蜜蜡或者琥珀那样的稀罕物，倒是真像个要饭的从不知道哪儿的犄角旮旯里淘来的“宝”。

“要饭的就要饭的呗，关我什么事儿？”40岁男子看起来也有了几分胆怯，可脸上到底也还在硬撑着，他壮着胆子把话锋又给怼了回去。思量着再等个三分钟，一到站就去换了下一班的地铁。

可这次陈实消停了，他依旧随着车子晃着，用食指尖比划着点了点男子，什么都没说的靠着车门站下了，待到地铁进了新的站台停稳，陈实抢先着大踏步下去，这么一来，40岁男子心里的石头也跟着落地了，他继续安稳的坐在属于自己的位子上，享受着这属于自己的胜利，刚才那流露出的一丁点儿胆怯早已不知了踪迹，只是到底这一天的好心情被个不相干的外人给毁去了那么几分。

不过陈实下地铁的这一站选的不算好，出闸门的人太少了，他跟着个年轻姑娘混出去的计划随着机器的报警音一起泡汤了，嘿，都怪这姑娘边走还要边鼓弄着手机，快那么两步也不至于被卡了下来。

这会儿，闸口处已是围满了人，刚刚上了一周班的小陶拽着个翠生生的保安一起挪过来，陈实原是有几分慌乱的，可一看这两个嫩出水的小娃娃，又撒泼一样的嚷起来，“你们这大城市欺负外地人啊，花了钱进来怎么就不让出啊，我找我儿子找不着，你们还欺负人啊！

小陶一听是个外地来找儿子的，热心肠也跟着上来了，早就忘了去追究进出的地铁卡，又忙乱着找了领导、电视台、公安局，陈实本想着要溜，可这丫头片子竟然撺掇了一堆的人留他等援助，又搞来了面包和水，陈实一看有的吃，倒是跟个真找不到家的老人一样，眼睛里冒着光的接过来，紧跟着往嘴里塞。

不多时，站长、电视台、公安局算是悉数到齐，这三伙人自成组织的研究起来，怎么摆机位，怎么问问题，倒是让陈实边吃边喝的看了场热闹，这边商量好了，陈实也吃的差不多了。

记者堆着笑过来，问他叫什么，他就大着舌头说叫“陈实”，民警小张问他要身份证，他便说丢了，那儿子的姓名总该知道吧，结果又是支支吾吾的说不明白，再问住址、老家那就更是一概记不得了。

民警小张虽说年纪不大，倒也算是经验老到，一看这副景象，想着不是个骗子就是个脑子有了毛病的，碍着记者在，也不好自作主张的去打发了他，顺势给带回了局里，在系统里搭配着姓名和照片比对，结果自然是一无所获。小张取来零用金来又给陈实买了晚饭，然后安置好床铺，由着他借住下来，陈实倒也配合，好像刚刚下肚没多久的面包早已都消化干净，端起新买的盒饭又是一顿的狼吞虎咽。记者跟进到此见天色渐晚，也就拿着录好的带子回了台里，一个钟头后，“老人陈实地铁站寻子”的故事随着六点档的新闻传了出去。

小陶在家里看着荧幕上忙里忙外的自己不免有几分得意，急忙的喊了爸妈都来看，她想着或许老人真的找到了儿子，电视台还会安排来感谢自己的，之前那些丢了手机或是捡了钱包的司机乘客不都是这般热络的被做了新闻报出来；小张看着荧幕上那个忙着比对、安置床铺的自己也有几分欣喜，不过也就是住一晚上罢了，都随了他去，说不定明儿局长知道了还能夸夸自己，可新闻里自己的镜头是不是少了点儿？好像还有点儿显胖；40 岁男子看着电视屏幕有些失神，不是要饭的抢座？早知道是个找儿子的，我就……我就什么呢？算了，随他去吧……

第二天一早，民警小张再到屋里看时，陈实早就没了踪影，“我就说是个骗子吧。”他嘴里嘟囔着叠好了被子，吹着口哨悠闲的给自己泡上了杯顶好的碧螺春。

此后的一个月间，没有人知道陈实去了哪儿，当然也没有人真的关心他去了哪儿，可就在大家快要彻底忘记他的时候，他又跑回了公安局里，质问小张有没有找到他的儿子，闹着说找不到就要在这里长长久久的住下去，还要继续喊了电视台来拍，曝光他们这些不作为的小警察，小张被烦的没辙了，倒是心生一计，眼神诚挚的看向陈实：

“陈大哥，你这信息真的是太少了，我们系统你也看了的，实在找不到人，可是你看，公安局这个地方它有规定不能让你这么住，明天我给你联系个养老院，送了你去可行？”

陈实愣了几秒，好像真的在权衡行或是不行，想明白了之后又跟着一顿哭嚎，让人也分不清个真假，一会儿说儿子就在这里，一会儿又说是儿子在老家不要他了，旁的一概不表态。小张见说不通，径自给媳妇打起了电话，陈实自己闹着累了，倒头也就睡下了。

再睁开眼，还是一个月前的伎俩，陈实又不见了，不过这次他还顺走了小张一件新买的皮夹克，刚好在这乍暖还寒的时节来穿，陈实自己那身笨拙的大衣，倒是毫无留恋的就躺在屋子外的垃圾桶里。

小张边骂边哆嗦的想，这下陈实应该是不会再回来了，可也是白瞎了自己的衣裳，他赶忙催着媳妇又送了件新的衣服来，而后不甘心的重新打开电脑，按着照片又搜寻上几遍，好似铁了心的要把衣服追讨回来一般，怎奈仍旧是一无所获，小张也只能就此作罢了。

陈实再被发现，是寒流过后的第二天，一户居民家里报警说是夜里听见声响，好像地下室的门锁被人给撬开了，一家子听着害怕也不敢下去看。民警到了一番部署，结果推了门进去，却见陈实直挺挺的躺在地上，身上还盖着那件从小张处顺来的夹克，只是人早已没有了气吸，这场莫名的寒流在这个夜里一样莫名的带走了陈实的这条命，似乎他离开人世前做过的最后一件事，是把鞋子整整齐齐的脱下，摆在入门处的位置，就像回到了自己家中一般。

六点档的新闻又一次的播开了，悲痛笼罩了直播间和荧幕前，可悲痛过后，人们不过是继续忙着收看下一个六点档，小张莫名的有点儿想去问问有没有什么电话打到过台里，哪怕是认尸的消息也好，可是依旧是什么都没有，没有老人走失的案件上报，没有人真正认得他，也没有人知道陈实是不是他的名字以及他从哪里来。

这几日河岸边的人又多起来了，掉了的花苞也就掉了，一阵风刮过随便去了哪里，那些新露了头出来的，怕是要好好的感谢一下，寒流终于过去了……

本篇完

2019 年 3 月 17 日晚

《三月的寒流》是个两掺着真真假假的故事，有些时候，假的似乎更能让活着的人容易接受，你听那墙上的钟表，滴答滴答的走着，不可扭转不被控制，就好像那些走失老人的消息，一年多似一年，往往结果里也都是忧喜参半的。

如是这般，他乡若是只改写根基，便也罢了……

吴散人的伞

吴散人是个散人，可散人到底是什么，他也说不清楚。

说起来，吴散人的本名并不叫做吴散人，具体叫什么，二毛子知道，偏偏他也不说，人们也就不再问了，顺着都唤了吴散人。

没记错的话，这名字是吴散人在26岁那年自己起的，大体上为的是份自在，可能还有点儿别的什么，但他自己也记不得了，旁人也就不再去追究。

起这名字的那天，老吴（姑且先叫了他老吴吧）是刚搞丢了份工作的，缘故没听他提过，只知道是个挺憋闷的油头，于是他憋闷的晃悠在王府井大街上，兜里揣着好不容易从“前东家”手里抢下来的800块大洋，想着是不是要给自己买点儿什么留个念想，可到底买点儿什么好，老吴又没了主意，他觉得最好这东西得是有意义的，要不就是有文化和内涵的——好歹得是要对得起自己这一番“失业”的。

老吴正想得入神，王府井的小吃胡同里冷不丁的窜出来捧了一摞子宣传页的大哥，嘴里机关枪一样的嚷着120块游长城，当好汉，老吴一听这主意好啊，文化连着内涵都有了，一扬手的，走！

那份决然里的干脆，且不说把这一整日的计划定下了，倒是先把这发单页的大哥搞了个丈二和尚，就这么，也不讨价还价啥的，那，走着？

长城去是可以，可队也是要排的，谁让老吴赶上了这旅游业正当热的暑期，眼瞅着前面30人的队伍，拖家带口叽叽喳喳的吵得人心烦，老吴刚刚的坚毅有了几分动摇，听着发动的小巴上领队喊着，“有没有散客？一位的，一位的散客有没有？”

于是，就这般的，打了鸡血一样，老吴应和着高举手，推搡着前面的30个“团客”，以一种近乎走红毯般的荣耀，跃上了那辆发动机嗡嗡颤抖着的小巴，坐上众人艳羡的“王座”，提早的踏上了他的好汉之旅。因着这份“散客”带来的好运，老吴就把这名字改成了吴散人。

二毛子曾问过他：“那怎么不干脆叫了吴散客？”

老吴摇摇头：“俗，那多俗，再者说，我姓吴啊。”虽说到底二毛子也没搞明白到底吴散人和吴散客跟老吴姓吴的关键问题在哪儿，不过既然哥们儿喜欢，也就依了他去吧。

说来也是怪，自打吴散人把这名字换了，脾气秉性也跟着变了，总觉得说话办事里不似以往那么爱较真儿了，反倒多了份游戏人间的随性自在，很多事儿不管看开的没看开的，晃晃也就都开了，可吴散人自己总还觉得少点儿什么，少什么呢？哦，是了，少个“和尚持木鱼，道士挥拂尘”的标准物件。

吴散人四下看了看，眼尖的就相中了把黑色底衬的八折伞，那伞也当真是给足了他面子，黑色布面上，狂草的笔触独独书了“御驾亲征”四个大字，这可不就是量身定制，于是，吴散人定了自己的物件，走到哪儿都要带着它。

二毛子又问开了：“那到底是吴散人还是吴伞人？”。

吴散人再一挥手：“嘿，你小子这是抬杠啊，管他呢！”

有了伞的吴散人，越发的觉得自己的一举一动都要对得起这名字和这物件，于是他挑了个闲散的下午，拿出纸笔，竟一二三四的列了要点来：

这首要的就是呆的地方要“生”，大北京就挺好，离着家乡十万八千里的，管它过往有没有过交集，人堆里一钻，往往也都是谁都不再认识谁，那话是怎么说？大隐隐于市了；

二者，工作里断不可真心交朋友，有了交情这人就容易被羁绊了，算不得散，若是做得出成绩那就好好的谋划了成绩，若做不出，也就应着赤条条来去无牵挂了；

三者，出去玩更是断不可组团，得自己走才成，那些大江大河说了啥，得凭着老天爷的好，去看去听去感受，挨上些风吹日晒雨淋的，反正咱不是还有伞吗，再者，自己的名字都是这般来的，保不齐还能再捡个散座的漏；

这第四嘛，姑娘……散人到底该不该有姑娘？吴散人停在这个问题上，做不出决断，心下不太明朗了……

这不太明朗的缘故，说明朗了便是吴散人心里已有了姑娘，那是每天早上 8 点背着卡其色帆布包，嚼着泡泡糖等在公交站前的长发女子，昨儿她穿了个深棕色呢绒格子大衣，看着很是职业，今天是羊毛料子的水粉披肩，好像温柔上了许多，她在听什么音乐，摇滚还是爵士？脚底竟时不时的踩着拍子。

吴散人每每故意骑了摩托在她眼前晃悠，有时候车站碰上了熟人，也顾不得“散人的信条”，就停下车刻意的聊上两句，左不过是“吃了吗，吃的啥”这般无聊的发问，吴散人想着，问题一定要是简单的，万一聊得太深入了，自己该接不住了，毕竟这心思可不都放在偷瞄上嘛。

偏生日子一久，吴散人这话搭子也品出点儿究竟，就不按路子出牌了。

吴散人照例的一问：“吃了吗？”

“吃没吃的你还给我报销是咋？”

吴散人继续着：“吃的啥？”

“慈禧老佛爷吃的啥我就吃的啥！”

“哦哦，敢情那吃得好吃得好，健康啊……哎，啊？”

这一来，可把整个公交站的乘客都笑了个翻天，吴散人自己也怪不好意思的，低个头的功夫倒是还不忘了瞄一眼那姑娘，只见她吹起来的泡泡有了小拳头大小，跟着笑颤颤巍巍的抖动了几抖，便径自爆开铺在了鼻头上，那姑娘慌忙的吐了出来，到底是连着头发都粘住了几根，看着更灵动了。吴散人想着，嗨，也值了，难得搏了美人一笑啊。

可谁成想，到底这姑娘还真让吴散人给收了去，虽说前期预谋了那么久，可这最终牵手的桥段却是土的烂了大街的。

那天估摸着是老天爷实在不想再看“吃了吗”的伎俩，早高峰的间隙里，突如其来的下了场冒着泡泡的大雨，姑娘的碎花小裙连同姑娘一起，被这突如其来刮得乱七八糟的风掀了个花容失色，吴散人见着一个健步，塞过去自己的“护身符”。姑娘先是一愣，也就顺势接过了伞，露着虎牙，乐开了。

呦，看着没，“伞”这物件选的是真好。

两人好了快三年，都是一样的脾气秉性，在一处呆着倒也很是舒服，可往长远了去看，那些个关于结婚成家的念想，不是心里没有过思量，只是到底还年轻着，没定下心性，也就一个不急着问，一个不急着应。

偏偏这俩祖宗不急，十万八千里之外，却是有人急切着的。吴散人的娘守着老家的一亩三分地，一年到头见不到儿子几回，每每都是从二毛子那里打听着消息，而答复也都是一句：“好着呢！”

既然好着呢，怎么的还不办了喜事，当娘的想不通，赶着过年，求爷爷告奶奶的硬是把俩祖宗给弄了回去，一下火车，吴散人和姑娘却是都愣了，合该着是场逼婚的“鸿门宴”，亲朋好友连着酒席都支起来了，唯独等着的，便是两个“新人”入席了。

姑娘二话没说转头走了，吴散人跺脚的一声：“娘”，也便丢下家里这闹哄哄的一大摊子，急急的追着姑娘去了。

二人回到北京的地界，姑娘收拾利落了行囊，一句话没留，就和吴散人彻底的分开了。此后，吴散人每每喝多了讲到此，都是只说姑娘，不交代名字的。

酒醒之后，他拿出几年前立的规矩，一笔一划的续上了后面：

四是，姑娘，心中留……

也罢，吴散人，终归便做了散人。

也罢。

本篇完

2019 年 5 月 21 日夜

《吴散人的伞》说的是个荒诞而摇摆的独行片段，那些游走于都市之中内心荒芜的人们，不言语，不交代，或许都是这般的给自己立下规矩，然后隐在了人群里，再按着固有的活法，本心的或是违心的，一天天，一年年的，去求了安心了。

大隐隐于市，又何尝不是今天我们每个人的日常。

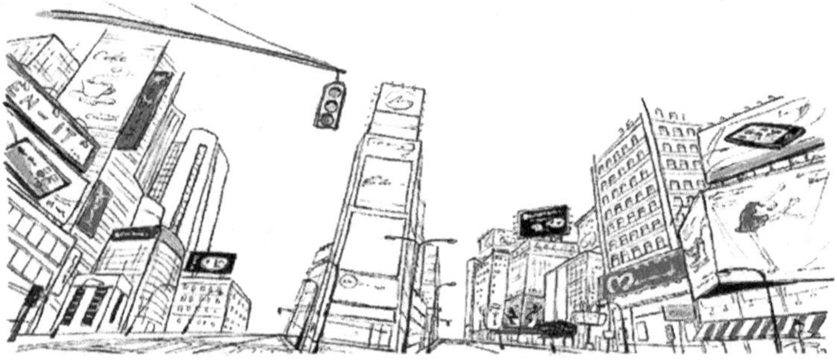

月亮圆了

胡迪背上行囊奔了深圳的时候，怎么也没想明白，平日里老实巴交的弟弟，怎么就能稀里糊涂的欠下五十万的外债，愁得爹妈一夜间花白了头发。

这事儿怕是还得从一年前说起，那时候胡迪还在老家做着保险销售的工作，平日里给旁人打惯了电话的他，莫名的开始接到一些个“警告”他的来电，起先胡迪还没在意，觉得左不过是某些个无聊的恶作剧骚扰，可这电话竟一天天多起来，多到把公司里他熟悉的同事都闹了一遍，问这里是不是有个人叫做胡迪的，他是不是还有个弟弟叫胡飞，他这弟弟欠了钱，要是不想缺了胳膊少了腿的，就赶紧还钱。胡迪觉得风向不对，张罗着要报警来着，还是平日里相熟的老章提了醒，叫他回去好好问问弟弟，是不是真的欠了外债，他说这看起来像极了“高利贷”的讨钱路子，可好歹别出了人命才是。

胡迪一听也犯了合计，没等下班便请了假赶忙的跑回家，起先弟弟还支支吾吾的不肯说，倒是老妈提起前几天家里也接到了电话，也是什么断胳膊断腿的一顿诌，可当妈的平时被儿子灌输了太多不要轻信诈骗电话的箴言警句，倒还真就直接让这一茬给过去了，和家里人更是连提都没提。胡迪一听心想着不妙，添油加醋的描绘上老章讲述的后果，弟弟胡飞愣了一愣，到底还是承认了欠钱，末了又磨磨蹭蹭的找出了加起来统共五十万的借据，这下家里算是炸开了锅。

胡迪的老家说到底不过是个不大的三线小城，这城里一套顶好的三居室也才二十万出头的价格，五十万，是胡迪爹妈几乎一辈子都不可能再攒下的积蓄，可纵使这般，任凭爹妈和胡迪怎么盘问，胡飞就是咬碎了牙也不肯透露半句缘由。

胡迪此时觉得胸腔就要炸裂一般，想着若是再早个十年，定是要用一顿拳脚好好教训教训这个败家子儿的，可现如今自己和弟弟到底都是奔三的人了，再气也要冷静，更何况这钱，还是要还的。

胡迪的爹妈早就没了主意，唯一晓得的，便是张口去借，老两口把那认识的亲戚都走上了一圈，每家每户的说上缘故，又赔上了不知多少眼泪，勉强凑齐了十万块，这么一来，那原本准备给大儿子结婚用的小两居怕是也要先卖了，得亏了大嫂是个明事理的人，不仅没去计较，还拿了自己三万块的体己出来给了胡迪，满打满算的凑出了三十多万，还有二十万的缺口可要怎么是好，胡迪自己没少后悔，怪自己平日里疏忽了对弟弟的关照，一天天的给别人兜售了那么多的未来保障，回个头的功夫，自家的后院就起了火。

胡迪抓着脑子想了几天也没想出个还钱的好法子，自己的工作一年下来，顶多就是省个五万块的余富，可跟媳妇的婚礼总不能再等上个四五年去，夜里胡迪躺在床上睡不着，就瞪着窗户外的月亮发呆，这月亮挂在天上，不解一丝人的苦痛，亮的明晃晃的，亮的和正月十五的时候一个样……

正月十五？这倒是让胡迪猛地想起邻居家李伯的儿子李里。这小子打小儿不好好读书，原本街坊邻居们是都看不上的，一个个的都觉得他是个注定“啃老”的主儿，可今年过年的时候，李里从深圳回来，那可是气派的很，带着他老爹把这城里的好馆子都吃上了一遍，左不过是半个月的工夫，李伯就好像脱胎换骨了一般，远远望去，连腰杆子都直了能有个五厘米，逢人就说这混小子现如今可算是土鸡变凤凰，争气了。瞧着那气度，更好像要把往日里受的白眼和风凉话，都给翻供了重新过一遍似的。

胡迪想起来李里好像在做什么互联网理财的工作，听说一年的年薪就有个四十来万的，想到这，他一下子又来了精神，看看时间，干脆瞪着眼珠子熬到了天亮，也顾不上什么狗屁面子，就一个电话追过去，求着李里问，能否给自己安排个工作。起先李里还迟疑来着，可听完胡迪的这一番诉苦，也大体算到他是真的走投无路了，这才给了胡迪一个地址，由着他投奔了来。

胡迪临行的那天倒也是个圆月，未婚妻纵使一百个不愿意，可也终究没旁的法子，胡迪跟她约好，等到数过了十二个这样的圆月，他就一定挣够了还债的钱回来，然后娶她过门。

来找李里的那个早上，胡迪也算是精心准备了一番，把他平日里接待一些个大宗客户的衬衫西服都熨的平整了才穿到了身上，还特地选了条看上去很提精神的领带，提前了一个钟头在李里的公司等着！这公司的前台看上去还当真是气派的很，胡迪被那亮得发烫的灯光照着，人也不由得紧张了起来，他不知道自己这小地方的保险员在这大公司里到底做不做得来，正想着，李里到了，他倒是穿的随意，一条破洞牛仔裤配上一件 T- 恤，脸上远远就挂着笑，那笑里的意味丰满得很，像是在迎接胡迪，也像是在笑他这身假正经的行头。

可不管怎么样，李里总算是让他的工作有了着落，他搭着胡迪的肩就把他带进了工作区，这边倒是没有前台那般齐整，一个个小格子里堆满了人，胡迪想着大城市总归是寸土寸金的，倒也了然。李里开口给出的条件是年薪二十万，要是做得好，额外还会再有奖金，这工作内容说起来倒也不难，和他在老家做保险还有几分相像的地方，有需要借钱的他就帮着审核和放款，更多的时候，就是到一些个银行、商场、超市，给那些上了年纪的人介绍他们的理财产品，只是有一条，谈成了的客户也不许私下联系，电话必须是要用公司提供的，每天晚上再统一交还了公司。

胡迪对李里一百个感念，赶着给大爷大妈介绍的工夫也研究起自己公司的产品，这理财的利息还真的是比银行高了好些去，不明就里的胡迪也想跟着入手，结果却是让李里径自给扣下了，起先是说他不符合资质审核标准，可胡迪想平日里买的多的那些大爷大妈更没什么资质，这李里总不会是怕自己挣得比他多了，再来断自己的财路吧，结果胡迪一天天的死缠烂打问个没完，李里见实在说不通，中午吃饭的工夫把他叫了出去，扔了一叠文件过去，然后慢悠悠的点上了一支烟。

胡迪看完这些材料，倒算是心里明朗起来，这哪里有什么高额的利息，全部的“理财”都是本金不保风险自担的，前三个月还当真是高利息返还，可三个月之后，绝大部分也就都赔个本金不剩了。

“还要买吗？”李里抖了抖手里的烟灰，又抖了抖他翘起的二郎腿，这不共震的抖动不偏不倚的让一撮灰色沾染到他那发白的牛仔裤上，李里用手一抹，那份灰白不仅没掉，反倒是铺开了，好像擦不掉的罪迹一般，看的人一阵阵反胃。

现如今，胡迪也顾不上反胃了，“李哥，那，咱们这不是在骗人吗？”犹豫了几下，胡迪还是说出了疑问。

“老胡啊，话别说的那么难听，你这上了这么多年学，可听过天上就有掉馅饼的事儿？存进来一万月底就多上五千，你存的那天就该想着便宜没那么好捡的，当然，要是你存了一个月就停手，那也还是赚的，可是人啊，不都是这么回事儿，捡漏儿、贪，从来就不懂见好就收的。”

“那借钱的那些呢？”

“借钱的就借啊，只是利息的算法可也不太一样，借的少的倒是无所谓了，借的多的，利息滚起来，呵呵……”

看着胡迪怔怔的不再说话，李里又吐了一口烟：“当初也不是我硬让你来干的，你也不用给我一副臭脸，二十万的年薪，总要你付出的也是值得的。当然，还要不要继续，也都随你，只是一条，回去了家里，好歹我俩也算一条船上呆过，你给我把嘴闭严了也就是了。”

若是还在老家，被李里这么一顿抢白，胡迪定是要跳起来比划比划的，可如今不同，胡迪是真的犹豫了，他想起家里花白了头发的父母，想起自己那等着盼着的未婚妻，想起平日里老实巴交的弟弟，咳，弟弟怎么就会欠下了这么多的钱，他到底是赌博了还是去借了高利贷了，胡迪想到月亮又爬上了天，想到把一切都看破看透了，弟弟的债是一定要还的，胡迪咬咬牙，想着左不过是一年，钱够了他就回了老家去。

人想通了也就无所畏惧，胡迪开始每天更拼命的工作，他把那些个在老家做保险时候的本事都施展出来，到底是脑子快又能说道，不过半年的功夫，胡迪接过的单子就赶上了人家一年的多，奖金也跟着水涨船高，八个月的时候，胡迪攒够了二十万，那天他刚要外出，见着门口一个二十出头的小伙子来借钱，那小伙儿穿着米白色的上衣，头发剪到一寸的长度，看上去文文弱弱的，不知怎么的，胡迪一下子就想起了弟弟，想着弟弟当年也是这般模样。他主动凑上去问了缘故，这才知道小伙儿先前拿家里的钱在这儿买了理财，可没想到都赔了进去，也不敢跟家里讲，现在只能是再来借点儿，把赔掉的先给补上。

胡迪听着，倒好像想明白了什么，可他已经不敢再去找弟弟求证，他想劝这小伙子赶快停了手跟家里人说清楚，可对上两米外李里盯着他的那双眼睛，胡迪话到了嘴边到底又讲不出口，最后借着有急事，把小伙儿打发给了旁的同事。

那一夜，胡迪彻底丢了睡意，第二天一早，他就找李里清算了工资，李里一边摇着头一边继续撇着嘴笑，心底里一百个瞧不上。胡迪哪里还顾得上他的想法，匆匆找同事要到了昨天那小伙儿的号码，怕惹上官司，又买了张不实名的电话卡，径直就拨了过去，胡迪说明了缘故又劝上了一番，小伙儿在电话那头听完，哇的一声就哭了，说自己昨天就都签了借据，说这可还怎么活，末了，他也不忘对着电话把胡迪一顿骂，说他们都是没人性的屠夫，早晚要下地狱的。

胡迪默默的把这些悉数听完，然后挂了电话扔了卡，买了张回家的火车票，卷着铺盖就跑了。

回程的路上，火车咣当咣当的晃着，窗外的树伴着黄土一排排闪着，胡迪觉得自己如释重负，他隔着车窗看天上的月亮，那月亮又要圆了，他想着自己不过才数过了八个圆月，竟觉出了一丝甜蜜，恍惚的，他好像在月亮里见着了未婚妻惊喜的脸，也见着了爹妈宽慰的笑。

可他还不知道的是，梦醒之后，老家等着他的，不过是弟弟又不知哪里多出来的五十六万外债……

本篇完

2019 年 4 月 6 日夜

《月亮圆了》是段残忍的故事，我们总说人是复杂的，可这复杂之下，可怜与可恨，到底隔着怎样微妙的界限。

胡迪为了还上弟弟的债，背井离乡却误打误撞的进了“骗子”集团，他拼命保全家人的同时，也亲手拆散了更多的家，一面背负着自己的罪，一面却要想办法拯救弟弟的业，就连“生而无畏”这个词，都似乎没了它原来的颜色。

一切都没有法子，一切都不会变好。

巷子里的人

鼓浪屿，称得上是个在旅游地标上刻下“文艺”烙印的地方，丢掉偶有台风刮起时的几分小凌乱，一年中的大部分光景倒都算是恬淡宜居的。并不很大的小岛上，细浪时不时的拍打着碎石，几间风格迥异的教堂，各色浓淡茶品小铺，毗街而立的欧式建筑，而最难得的，还是远离了鸣笛喧嚣的那份耳根子清净。

没有鸣笛的喧嚣，倒是也不代表着就真的没有了吵闹，每天七点一过，穿梭的巷子里、海边、教堂外就已是挤满了准备步入婚姻殿堂的人们，她们举起头纱，彼此凝神相望，被一个个“长枪短炮”瞄准，在摄影师的每一句刻意挑逗里，配合的展露欢颜，好不热闹。

靠近皓月园的一个街口里，顺着路标几次左转右转，依次住着林老太、唐龙和曾三哥三户，他们都是这岛上的外来户，就连上岛的光景都好似特别安排过一样，分别组成了一年、三年和六年。

林老太是最近一年才上了岛的，倒不是为旁的，儿子和儿媳妇在这边开了个民宿旅馆，随着生意风生水起，八个月大的小孙子却是越来越没人能照看，夫妇俩商量着几番试探，到底把退休了才一个月的林老太给搬上了岛。

早上八点，林老太把院子里的几株落花扫了扫，又铺平在泥土上，转身推着咿咿呀呀的小孙在门口晒起了太阳，顺带着也不忘了把这“鸡贼”的儿媳妇和“白眼狼”的儿子径自念叨上几遍，说什么鼓浪屿上的气候宜人适合养老，左不过是忙不开要找个不要工钱的“长工”，真真是……

林老太很想找个人再接着念叨念叨，可四下里那些个稍微上了些年纪的，嘴里聊着的地方话她又听不详实，很难分得清到底是掺了海味儿的闽南话还是哪里来的蹩脚俚语，怎么能比得了自己在家中，每天出来进去的都是些熟悉面孔，连买个土豆，砍个价格也能聊上半天，更不要说晚饭后跳上的广场舞，那才真的是养老。

不知怎的，林老太越想越觉得气，忿忿的指着她那正在吃手的小孙说上了一句都怨你，可好像这小家伙竟听懂了一般，咿咿呀呀的为自己辩起护来，林老太被这“正经”的小人逗的一乐，眼见着太阳越来越大，推着他转身回了屋子。

正忙活着地瓜条的唐龙远远看见这一幕，心里羡慕的很，不用操心生计产业，每天伺弄花草溜溜娃子，似乎已成了他的毕生所求，而眼下……生意见不到个明朗，更不要提小娃子，连媳妇的影儿都没个着落呢。

唐龙现年三十有二，二十出头的时候也算是一玉树临风的小伙儿，做过导游，学过大厨，旅游业刚火那几年，还跑去韩国借着带队的便利留了个学，混出了个学位来着，那几年仗着自己年轻又烧的一手好菜，唐龙到底没缺过姑娘，不过也因着这般，竟都给“点”成了露水情缘，没一个长久了下来的。

唐龙记得刚要回国的时候，倒是有一个好了一年多的韩国小姑娘死缠烂打来着，吵着要跟了他来做娘子，生娃子，唐龙被吓的不轻，虽说这姑娘长得不赖，可这长相里几分真假可真不好说，再加上当年自己的那份“傲性”，硬是在机场给人生生拒绝了，“不是哥哥心里没有你，只是哪能就为了你这一片绿叶就舍了整片的森林。”说完就头也不回的走了，想想又担心这姑娘拧巴，竟还没等登机就换了个新号码。

不过也算报应不爽，没过多久，回了国的唐龙就被国内一窝蜂起的旅游行情给惊着了，原以为遍地是金子，哪成想这些金子都被圈了山头，到处是无头苍蝇般的挖金人，唐龙花了不少的票子托关系拉人情的才进了个差不多的旅行社，每天累得狗一般，嗓子喊破了不说，还得背上那些个固定消费的绩效考核，推销的猛了被团里的游客骂，推销的淡了回去挨团长骂，真真是孙子都不如。

那天唐龙帮一个哥们儿带了一支上鼓浪屿的团，这一来，他便不想再离开了，他看着成对的年轻男女穿梭在巷子间，看着到处飘散的白色婚纱裙，突然觉得自己竟然就想要结婚了，那天夜里他不知怎么就想起了那韩国姑娘的脸，好像没有整过的吧，还真是挺漂亮的，可再想想就算整过又能怎样，哎，可惜连名字都记不起了。

那天之后，唐龙辞了职，在这岛上租了家铺子，做起了卖地瓜条的生意，钢丝勺里借着高温，黄澄澄的地瓜条跟着一起冒了热气，再裹上一层糖衣，一口下去更是糯在心里，这原本不属于鼓浪屿的外来小吃，倒是跟着好滋味一起热闹了起来，唐龙忙起来的间隙，看着那些排着队热热闹闹的人群，也会忍不住的妄想一下，或许哪天那个韩国姑娘来了鼓浪屿出游，说不定也会等待着一袋地瓜的出炉，然后上前来对上久别重逢的浅笑。

可妄想终归是妄想，三年光景里这邂逅至今不曾发生，而低头抬头间，唐龙对上的往往不过是曾三哥的眼。

曾三哥上岛时间最久，做的是茶叶生意，和鼓浪屿核心商圈里那些飘散着“小哥哥”浅笑的花草茶不同，三哥在这小巷子里卖的是正儿八经的茶叶，几种成色的正山小种，浓淡沁脾的龙井毛峰，离得老远就闻得阵阵茶气，颇有些“酒香不怕巷子深”的意味。

鼓浪屿上的这家“闲饮阁”应该算是三哥的第三家店了，地理位置选的虽说没那么热闹，门客确是不少的，三哥是个深谙生意经的人，门口几箩筐的茶叶一摆，牌匾上一句进门老板请茶，偶尔路过的都被这份好味道引了进去，曾三哥也不忙着卖茶，从从容容的一请，几盏杯子一洗一浸，再酌上清汤几许，由着来人慢慢喝，喝够了起身离开也不厌弃，依旧笑脸相送，喝好了装封打包，他也诚意的介绍上筒包和精包，由着客人挑选，东西多的就帮着写写单子快递，东西少的还会再送上些茶点和新出样茶。饶是这般，大部分的客人都留了曾三哥的联系方式，几年里天南地北的订单不曾间断。

曾三哥的店铺前面说了，这算是第三个，前两个也都分散在了厦门的两角，一个藏在鲜有人知的弄堂里，做得是熟客买卖，另一处安在迎来送往的曾厝垵，照例做的是游客生意，曾三哥差了人管着，平时也很少过问，倒是唯独鼓浪屿上的这一家，他自己日日守着，天气晴好的日子里，他也会起个大早，趁着彼时无人，爬上日光岩的顶端，远远的四下望去，看看郑成功远眺的方向，再找找自家铺面的大体方位，天气不好的时候，他便早早关了铺子，再到海边走走，去看看还有没有些顶着风浪依旧扬起了白纱裙的璧人。

曾三哥很愿意为来店的品茶人搭配上一些个小茶点，有时候是几块浓甜的牛轧糖，给那些喝不得太苦的年轻姑娘，有时候是几片粘了芝麻的薄片，给那些喝下一口就闭眼晃晃脑子的老者，再后来曾三哥觉得唐龙这地瓜条不错，也就常常的买了来搭着，顺便帮衬着给做个宣传，出门左转的便是了。

起先唐龙倒是不晓得这份盛情，还私下纳闷着曾三哥这地瓜也着实吃的有点儿多了，直到一个客人说漏了嘴，他才算承下了这份义，也就免了三哥的这几张票子，隔上几日送几袋新鲜出锅的地瓜条来，顺带着蹭上两杯沁人心脾的好茶，两人一来二去的熟络了起来，倒是也不过分打扰，不探底细不问来处，唐龙有时候就会想起自己昔日里的那些酒肉朋友，想着自打他来了这边营生，除却朋友圈里的一些个点赞调侃，好似都杳无音讯了一般，倒是曾三哥，让他这么一插科打诨的“混子”，品出了点儿君子之交淡如水的意思。

立春的那天，已是暖意渐起，傍晚的时候，林老太推着小孙子从海边回来，走过“闲饮阁”前，虽说再走几步也就是自家的旅社，可就生出了要讨口茶喝的念头，曾三哥隔着门玻璃看见她，主动起身迎了她进来，屋子里茶香满溢，小家伙好像很高兴进了这香喷喷的地方，咿呀呀的笑起来，曾三哥递了杯淡茶给林老太，比平时的多加上了一倍水，又扔了一朵菊花进去，由着她咕咚咕咚起来，唐龙踏过门槛来送地瓜条，见这情景不自觉的想起了《红楼梦》里刘姥姥豪饮的场面，也跟着小娃娃一起笑起来。

晚上八点，正是鼓浪屿的商业区热闹的时刻，隔着几道街的小巷子里已是人声渐息，唐龙清洗着最后的一只铁勺，曾三哥挪着门口的几箩筐散茶，林老太家民宿里一层的灯光大亮着，筷子碰撞着瓷碗发出唧唧的敲击，林老太一面扒拉着儿媳妇夹到碗里的肉，一面唠叨着儿子给媳妇夹菜，旁边摇篮里的小娃娃已是睡得香甜，时不时的再自己呀呀上两句大人们也听不懂的梦话。

月光流过鼓浪屿的每个角落，热闹的人们开始褪去，巷子里仍旧飘荡着浓淡的茶香，一丝丝一缕缕，随着海风，落进每一个窗子后的人心里。

本篇完

2019 年 4 月 14 日

2016年的时候，我独自游荡在鼓浪屿上，入住到一家画廊民宿，因为位置偏远了些倒是跟着导航绕了快一个多钟头才找到，民宿的院子里被主人架出了一小块水塘，里面几朵睡莲，正中的位置种了一颗菠萝蜜树，顺着窗户看下去，就能瞥见果实。拐角的位置里是几家茶叶铺子，当真一家茶香四起，让旁的都失了颜色，我在小岛上晃荡了两日，丢弃城市里的繁杂和商业街的热络，看这份恬静，它把那些你来自何处，去往何地的低问都变得毫无意义。于是这般，才有了《巷子里的人》。

这是不深探，不多言的恰到好处，也是不用回答为什么，无需焦虑的静时光。

不相熟的邻里

夜里睡得迷迷糊糊的时候，被一阵钢珠滚动的声音惊醒，想起儿时也总是会听到楼上珠子噼里啪啦的弹落声，那个年纪里懵懂无知，家里住的又是顶层，棚顶之上已然是天台，每每听到声响，总会不自觉的脑补很多妖魔鬼怪的故事出来，结果自己怕得很。

不过这次的滚动我倒是很清楚的知晓那是楼上邻居的一个不留意，毕竟随着珠子弹落，便是“肇事者”的一声叹息和一顿忙乱，我迷迷糊糊的延续着前梦，顺理成章的想起了“邻居”这个词。

把时间的手柄再往回摇个50多年，是家家户户都住在矮平房子里的年岁光景，出门赶集捡驴粪也都是抬头不见低头见的，母亲说那时候逢年过节，家里杀了猪，是会用小盆分出了四五十份出来盛着的，然后她就会穿上等了好几天的漂亮衣裳，牵着外婆的手，提上小灯笼挨家挨户的去送上份热络，再故作镇定的忍着嘴里巴巴儿的馋，看着邻人掉进碗里的眼，听着声声道谢，享受满是荣耀的凯旋。我想那情景一定热闹的很，以至于她半生之后仍旧是念念不忘。

说不上是幸运还是不幸，打出生起我就被方块的格子套牢，每天透过青砖水泥越过边界的上上下下，倒是不曾享有过这份热络。

七岁前我都是和外婆一起，住在“亲恭里”的小七楼里，隔壁的邻居是对来自上海的老夫妇，年纪和外婆相仿，老人们无聊闲暇的时候也会常常的一处凑着唠唠各家的琐碎，我依稀还记得外婆和邻家奶奶玩着的细长纸牌，也记得她带来给我的牛奶和虾片蟹片，只是关于邻家奶奶的样貌，却早已是一团模糊。

小时候的我毛病多多，母亲说我两岁开始就基本上是“小儿王”（一家专门治疗儿童疾病的门诊）的常客，今天脾胃闹痛了，明天又不好好吃饭了，总也是不消停，那时候我们尚且不晓得“乳糖不耐受”是个病症，于是拒绝奶制品的我在长久的煎熬里，最终被外婆用一碗碗玉米糊糊给喂活了。

可奇怪的是，邻居家奶奶带来的牛奶我却是“耐受”的，她用那种瘦高的透明玻璃杯装着，热到刚刚好握的温度，就跟电视上演的情景一样，递到我的手上，每次接过那杯温热，我都会不自觉的想象着自己就是童话城堡里的公主，被年迈的阿婆管家悉心呵护。

那段时间我因为贫血经常玩着玩着就发起高烧流起鼻血来，小小的人儿也就无精打采的跑回去床上躺着，就是在这些日子里，邻居奶奶每次都会带着牛奶和炸好的小虾片和蟹片出现，然后柔柔的问：“小娃娃怎么又生病了，快快吃了好起来吧，可要少吃些零食多吃苹果呀。”我虽堵着鼻子病着，可心里却是高兴的很，奶奶炸出的小虾片远比母亲藏在衣柜顶上的那兜子零食要好吃的多，我很贪婪的享受着这份美味，然后继续的流着鼻血。

之后有那么几天，邻居奶奶开始把她们家里的各种东西都搬到我的家里来，大概折腾了一周的光景，她和爷爷就锁了房子搬走了，我大体从父母的谈话里知晓是二老上海工作的孩子买了房，来接年迈的父母一起回了老家住。临走的时候，奶奶炸了好大的一包虾片给我，那是足足够我吃上一个月的分量，我抱着高兴的很，可外婆和母亲似乎并不像我这般开心，她们拽着邻家奶奶抹了好一会儿的眼泪，说了好一番的珍重，此后的年年岁岁里，都再也没有温温的玻璃杯牛奶和好吃的虾片被送与我，我在那份小小的缺失里，渐渐打量出了血缘以外的不舍和挂念。

母亲此后也常会提起邻家奶奶和她的良善，末了，总要用“那真是个好人”来作结。可惜那时还不曾保有比信笺更便利的通讯，一次易城换址的转身就足够是场诀别。

二十年光阴飞逝，外婆也已过世十载，邻家奶奶当下是何种的光景更是无可探寻，我有时候会很突然的想，猜测她是否还尚在人世，是否也继续用那双勤劳的手为她自己的小小孙女温过杯杯牛奶。

此后我的家也随父亲的工作分配搬去了“天坛”的二楼，那时候的邻居便顺理成章的变成了父亲的同事，每天出来进去的见面问好，偶有的家中小矛盾彼此疏导，倒也还颇为和睦，直到他们换去了新的住所，房子又易主了几番，渐渐丢失了所有的招呼和言语，仿佛两米的距离，因着两扇门把两家本也不相识的人永远的隔绝了。

住在那个二楼里的时候，我的家是遭遇过入室偷盗的，那段时间整个园区里都是人心惶惶，不晓得什么时候被踩了点儿，不晓得怎么样就被撬开了窗子，那天夜里父亲值夜班只留得我和母亲在家，也多亏了我娘俩睡的深沉，盗贼没贸然去开卧室的门，免了一场的照面，第二天派出所的民警按部就班的前来采集证物和指纹，又是好一番的盘问，偷盗者终是被抓住了，只是丢失的东西依旧是寻不回了，我因此总是暗暗的担心着会不会被记仇，待到他们刑满释放了以后再加以报复，也就总念着让爸妈再挪挪地方。

可我母亲对“天坛”的那个小屋子是很有感情的，那里有她相熟的朋友、同事，有她熟悉的一切日常，可于我而言，我只是不舍住在五层的“姥姥”，她花白着头发，带着一副大框的眼镜，笑起来满脸温暖的样子，每每我们在楼道里或是园区内走个照面，她都会笑着问我去了哪里，怎的今日放学这般晚，最近爸妈都好不好，而后也在我不小心摔坏腿的日子里几番的惦念和探望，这份恰到好处的温暖让我常常会把五层姥姥的样子转嫁到儿时邻家奶奶的身上，想着或许她也是这般的缓缓而至，浅笑而来。

我们终究还是搬家了，就连我自己也填购了小屋子，隔着一道玻璃和走廊，又一次的有了新邻居，那是个50岁上下的阿姨带着她的两只小泰迪。阿姨人是热络的，电梯里遇见了常常会帮着大家按按楼层和留一下门，可是阿姨家的两个小家伙是不太友好的，它们总是愿意跑到我的门前把后腿一撅，然后撒欢的解决“个狗问题”，之后还一副理所应当的架势对着我汪汪乱叫，我原本也是还想要跟狗去计较计较的，可毕竟担心监控里留下惹人狂笑的痕迹，也就几番作罢，只在心里对着他俩汪汪回去，然后用眼神义正言辞的告诉它们，这是我的地盘。

再到后来我返京，阿姨也搬回了自己的老家去，我故乡小屋子里的邻居又换了新主人，我却已不得见了。

北京的屋子，是个老旧小区，每层两户人家，封顶不过六层，也便没有电梯的便利，我们刚刚好的落户在五层，每天跋涉着喘息的开门。对门的邻居每天准时进出，规律的很，可我们又跟“楼上”拉开了持久战。

最开始的半年里，楼上安静的出奇，我一度怀疑是没有人住的，然后一个炎热的夏天下午，我正赶着出门去见老友，却见卧室的墙上开始渗出了水，不好，一定是楼上漏水了，我跑到上面一顿急促的敲，可怎么都没有人开门，我想着怕是屋里的人开着水龙头出去了，那可要不得了，赶忙的打了物业的电话要找户主，这物业的效率“快”到惊人，一个多小时过去了也都没个结果，倒是多亏了墙壁已经不再渗水，便也就此作罢了。晚上大概八点多的时候，一个三十岁左右的女子前来敲门，说白天接了物业的电话说屋子漏水她来看看，我本想着说下午两点漏水晚上八点多才看也是够心大了，后来聊着，方才知道她是从唐山坐了客车赶过来的，而楼上住着的是他的父母，下午老两口用洗衣机的时候不小心下水管道放错了位置，闹了个水漫金山，知道自己闯了祸，听见敲门声也没敢去开，倒是急急忙忙的处理了积水等着闺女来救援。我听着实在不忍，也暗暗盼着我的房东能不再追究。

然后不知道哪一天，楼上的老两口也搬了家，换来了个把音乐注入灵魂与生命的姑娘，每每夜深人静，便是她大展歌喉的最佳时机，再配上一把越弹越嗨的吉他。偏偏这姑娘把“弹奏室”安在了我室友屋子的方向，整整三个月里搅得她无法入眠，几番上去凿门也都是无果，这姑娘怕是自知理亏，就更加坚定的不露面不开门，然后继续放声高歌，室友几番斗志斗勇，三个月里不间断的找物业、联系房主、敲管子、贴告示、持续的凿门，几乎是把能用的点子都用了个遍，最后更是写了“通牒大字报”以报警相告，才得以让这妹子消停了几天，然后临近春节的一个晚上，室友提前回了老家空留我一人，午夜12点再度传来悠悠歌声，还真是有几分难眠的恐惧。

春节回来后，楼上这高歌的姑娘倒是也已悄悄的退房搬走了，要不是北京城已经过了允许燃放烟花爆竹的日子，这倒是很值得点个炮仗庆贺一番的。几天之后楼道里传来叮叮当当的搬家声，六层的屋子里新住进了一对年轻的小情侣，这俩人不高歌、不发水，感情稳固良好，在该努力造人的时间里奋发努力的造人，只是这老楼的隔音实在是……室友似乎比之前更加无奈了，上一个毕竟说得上是深夜扰民的，而今这……还真的是让你挑不出任何毛病。

罢了，祝福他们早日成功吧，要不怕是也只能默默的期待下一任的新朋友了。

本篇完

2019年3月26日

《不相熟的邻里》是段对“近邻”的平铺，杂记一样的手法，大城市里的挣扎往往会带来频繁的邻里更换，可能新的邻居你还没照过面就已经成了故人，而那些早年间关于远亲近邻的桥段，也越发的更为遥远。

木心先生说“从前慢，车、马、邮件都很慢。”可好似从前的推门也很慢，慢到两扇门打开，就能滋生出故事，慢到默默渗入生活，让人常常念。

后记

午间一点的时候，太阳晒的刚刚好，出门前我顺手捎了拆掉快递的盒子，盘旋过五层的楼梯，走出钢筋混泥土的荫蔽，撑伞的间隙里，迎面急颤颤的走来阿婆，她截断我通往垃圾桶的路，带走了我原本要遗弃的硬纸壳。

我的窗下是个放假中的小学，通往地铁的路，转个弯便是学校的大门，那里有连绵的长椅，上面趴满了肤色一致的壮汉，那是来自这个老旧小区里施工改造的辛劳。我不曾在这个时间外出，亦不知晓这是否是每天相同的景象，可那树影里斑驳而下的光，总是会晃得让人心中一紧，渴求一份同样带有温度的柔软，给自己那些早晚时分被机器隆隆声扰乱的安宁，给这些为了生活奔波耗力或许抱怨却依旧熟睡的脸庞。

我在国贸二期的星巴克里见到了远路而来的小雪，约定好了《异乡人》的纸张、开本、名字还有后续，近半年多的盘桓终探得前路，是压制着不流于表面的欣喜。

2018 年的年底，我在提笔第一篇故事的时候，是带着要将它纸质化的决心的，就好像那些理想化的东西，听起来总是让人嗤之以鼻，可却又总会闪闪发光。

2019年的夏天，作为一个音痴，我狂追完了《乐队的夏天》，在喜欢上《生活因你而火热》之前的两分钟里，被主唱彭磊的一句话击中，他说“或许有一天你已经不在这个世界，可还有人在唱着你的歌，那是一件很好事情，是理想。”

也许有一天一些人都已不在，可还有他们的影子留存于这个世间，不仅仅羁绊铭记于血缘，而是被铅字印刻于纸张，被那些不相关不相识，但却有着莫名缘分的人们拾起、念到，这亦是我落笔时的理想。

四月三十日的时候，我背着东东枪的《六里庄遗事》，走在回家的路上被扒手给拉开了包，他在抻出我一根数据线的同时被我察觉，而后直视着看向他的我，面无表情的摔掉线扬长而去，没有一丝的犹豫和恐惧。也是那天晚上，我刚刚好的约了老陈设计我的封页，所以锁好门接通电话的一刻，我都还没来得及讲述需求，就先胡乱着吐槽了这场莫名的惊魂未定，随后，便是老陈拿出五一假期的休息，帮我找了示例、构思了颜色、阐述了理解，又在繁杂的工作之外，帮我完成了它让人欣喜的样子。

时间再早两个月的时候，是老董的北京培训，“打劫”阁阁晚饭的觥筹交错里，又打劫了老董的这一趟辛劳，此后联系出版社、通过朋友又再找出版社、几方询价、问书号、分类别、催进度，一步步前行走来，过程所耗力气之大，让我这个执笔人着实汗颜，感谢说多了，真的也是够俗。

前些天公司的部门会上，聊到从乙到甲又回到乙的缘由，很难说得清。那是恰到好处的机缘，几番相较的平衡，还有心里割舍不掉的艳羡。当那些物欲、浮华、容易、艰辛、痛苦、背叛、获得、舍弃你都一一尝过，而后在冬夜的凌晨两点，为着帮小殷敲出故事，依旧忍不住的热泪盈眶，怕是就注定了再难回头。

有一段话说的是"当你觉得活得舒服时，必定是有人在为你负重前行"，可我想当你能为心中所爱尽全力折腾时，恐怕也定是这般。那些托付起你的人是你的父母、师长、朋友以及那些曾经和以后彼此所积过的德。

而你能做的，恐怕也唯有拾起这些善意，然后填入你的气场与能量，去上路，去不辜负，若是路上遇见那些曾经的自己，能够愿意伸手彼此相帮。

《异乡人》的路是不易的，太多感谢一直都在，感谢老董竭尽全力、几番筹谋打探的帮衬，感谢冠宇雪中送炭解我意图的封页设计，感谢接下来要帮我许多的小雪，感谢一路过来没有丢弃我的，我所见过或是没见过面的伙伴，感谢你们为我呈现了这份即将出世的奇异恩典。

词穷的我，便用彭磊的歌词来作结吧：那平淡如水的生活，因为你而火热。